TYNNU

Tynnu

Storïau Byrion wedi eu lleoli ym
Mlaenau Seiont a'r Cyffiniau

Aled Jones Williams

Argraffiad cyntaf: 2021
ⓗ testun: Aled Jones Williams 2021

Rhif Llyfr Safonol Rhyngwladol:
978-1-84527-841-0

Cyhoeddwyd gyda chymorth Cyngor Llyfrau Cymru

Darlun clawr: Eleri Owen yn seiliedig ar syniad yr awdur
ven

 Gwalch,
y, Cymru LL26 0EH.

h.cymru

'John knitted his brow; looked downwards, as if he were mentally engaged in some arithmetical calculation; then upwards, as if the total would not come at his call; then at Solomon Daisy, from his eyebrow to his shoe-buckle; then very slowly round the bar. And then a great, round, leaden-looking, and not at all transparent tear, came rolling out of each eye, and he said as he shook his head: "If they only had the goodness to murder me, I'd have thanked 'em kindly."

Barnaby Rudge
Charles Dickens.

Rhagair

Pa mor fyr yw stori fer? Efallai mai hwnnw oedd fy nghwestiwn ym mis Ionawr, 2021 a'r pla yn ei anterth drachefn pan benderfynais roi cynnig ar ysgrifennu storïau byrion *byr*; rhywbeth yr oeddwn wedi dyheu am ei wneud ers tro'n byd. Daeth y sbardun yn gynharach pan wahoddodd y Dr Gareth Evans-Jones fi i gyfrannu i gyfrol a 'Cariad' yn bwnc iddi. Am lên micro y gofynnwyd. Ai enw arall, mewn gwirionedd, ar stori fer yw llên micro? Fel y byddai llên macro, efallai, yn golygu nofel? Ond falla ddim.

Gwyddwn erioed fy mod yn hapusach hefo'r byr. Fanno, efallai, oedd fy nghryfder fel rhywun oedd yn trin geiriau. Fel cyn-eglwyswr, fe'm magwyd ar 'storïau byrion' pregethau Anglicanaidd (pum munud eu hyd) o'u cymharu â 'nofelau' y pregethau Ymneilltuol. A thra'n sôn am grefydd – oeddwn i? – onid cyfres o storïau byrion yw'r Efengylau: Mathew, Marc, a Luc, o leiaf. Ble bynnag y mae Iesu arni yn y Gymru gyfoes, nunlle mae'n debyg, cofir ef fel un o'r traddodwyr storïau byrion byr gorau erioed.

Wedyn deuthum ar draws gwaith Félix Fénéon: *Nofelau Mewn Tair Llinell*. Storïau byrion yr Americanes, Lydia Davies hefyd. A rhaid, wrth gwrs grybwyll – ond o dan fy ngwynt – storïau Franz Kafka. Yn fy nodiadau ar gyfer y pwt hwn, rwyf wedi rhoi marc cwestiwn gyferbyn â *Winesberg, Ohio* gan Sherwood Anderson, a cherddi pros (y cerddi yn *The Penguin Book of the Prose Poem*, oedd gennyf mewn golwg, mae'n debyg). Tynnaf y marc cwestiwn ymaith: mae nhw yna, *Winesberg, Ohio* a 'Y Cetyn', Mallarmé, fel enghraifft o gerdd bros.

A thu ôl i'r cwbl, byrder cyfoethog rhai o frawddegau'r Mabinogi. Er fod y brawddegau hyn tu mewn i stori ehangach, y maent yn sefyll ar eu pennau gogoneddus eu hunain. (Felly hefyd y darn yr wyf wedi ei osod ar flaen y storïau hyn, allan o *Barnaby Rudge*, Charles Dickens; wedi ei dynnu o'i gyd-destun, ie, ond yn enghraifft deg o damaid a fedr fodoli'n annibynnol o'r cyfan a pharhau i'n cyfareddu heb wybod y gweddill o boptu.) Dyma ddwy enghraifft:

'Symud o amgylch y llys a wnaeth hi'r diwrnod yr aeth ef tua Chaer Dathyl.' Dyna hi! Beth sydd angen mwy? Y mae'r gair 'symud' yn cynnwys holl deimladau anfoddog Blodeuwedd, ei rhwystredigaethau a'i gwewyr; ef yn cael mynd, hi yn gorfod aros lle mae hi. Y frwydr oesol rhwng benyw a gwryw. Y mae yna y ffasiwn beth â gair stori fer, un gair, megis yn yr enghraifft yma: 'symud'.

Wedyn:

'... nid oedd rhan ohoni hi nad oedd yn llawn o gariad tuag ato ef. A syllodd yntau arni hithau, a daeth yr un meddwl iddo ef ag a ddaeth iddi hithau.'

Pwy bynnag ydoedd y meistr a gonsuriodd y brawddegau cymesur hyn fel clorian wastad i fodolaeth, dangosodd o'n blaenau yr unoliaeth – dau yn troi'n un – y mae cariad – a chwant! – bob amser yn ei greu. Y mae hefyd frawddeg sy'n benodol, hanfodol i stori fer.

Dylwn sôn hefyd am y cyfarwyddydd ffilm o Sweden, Roy Anderson. A'i ffilmiau cyfareddol megis *Caneuon o'r Ail Lawr*. Cadwyn o storïau byrion bob un ohonynt. A ffilm nodedig ddiweddar y cyfarwyddydd ieuanc Hedydd Ioan o Benygroes: *Y Flwyddyn Goll*.

Rwyf am grybwyll hefyd y gylchgan aeafol o waith Schubert, 'Winterreise', yr wyf wedi gwrando arni gydol y blynyddoedd. Storïau byrion eto.

Delwedd yw popeth i mi. Y llun a ddaw gyntaf. Ac o'r llun y geiriau. Os nad oes llun, nid oes geiriau ychwaith.

'Try again. Fail again. Fail better," wrth gwrs. A dyna chi, Samuel Beckett, meistr arall y byr.

Fel y dywedais, fe'u hysgrifennwyd yn ystod cyfnod clo'r pla, ond cofier nad ymateb i'r pla ydynt o gwbl: yr amod oedd dim mwy nag awr ballu i greu pob un, er y caniateid – gan bwy?

– newidiadau bychain ond dim byd sylweddol wedi hynny. Ar y cyfan, mwy neu lai, cedwais at hynny. Fe'u hysgrifennwyd yn ddyddiol gydol Ionawr ac i mewn i Chwefror. Daeth ambell un, yr odiaf ohonynt, yn nhrymder nos. Y cwbl yr oedd yn rhaid i mi ei wneud oedd deffro, codi a'u hysgrifennu. A'r pla ei hun yn gwthio pawb i'r hanfodol, i'r 'byr' mewn geiriau eraill.

Hefo'i gilydd y dylid eu hystyried, fel popeth a ysgrifennaf. Nid oes dim ar wahân. Cwilt clytwaith byd Blaenau Seiont a'r Cyffiniau sydd yma. Un darlun, ond mewn darnau.

Rhyw ôl-nodyn: dylwn hefyd er mwyn gonestrwydd fod wedi cynnwys y rhyfeddod hwnnw – o ran arddull a seicoleg – *My People*, Caradoc Evans.

Cyflwynir hwy yn nhrefn eu hysgrifennu. Teimlais mai'r drefn hon oedd yr un gywir.

Fe wrandewaist yn ddyddiol, yn *astud* – dy air di – felly dyma nhw; ac i ti.

Aled
2021

Y STORÏAU

Pen-blwydd Priodas

Wedi iddo ei chlywed yn dod allan o'r bathrwm aeth yntau i mewn. Yr oedd y golau'n dal ymlaen. Yr oedd gwydr y gawod yn angar, yn ffrydiau, yn glystyrau o ddafnau dŵr. Yr oedd y llawr yn byllau bychain a mawrion. Y dŵr hyd bobman fel ... ieuenctid gynt yn chwalu ei hun yn afradlon hyd y byd i gyd. Clywodd hi o'i hystafell wely yn tywelu ei chnawd noeth. Arhosodd ymhlith y gwlybaniaeth a sŵn y sychu. Nid oedd dichon iddo ei gweld. Ar y mat yr oedd negydd ei throed.

●

Dydd Calan

ac wedyn llithrodd ei fys ar hyd yr holl ddyddiau gweigion, o rif i rif, gan droi'r dalennau o Ionawr i Ragfyr, fel petai'n holi: prun, dybed? Sylweddolodd ... ei fod wedi mynd heibio diwrnod ei ben-blwydd heb ar y pryd amgyffred hynny a theimlodd – roedd hyn yn od – dinc o lawenydd.

●

Hel Meddyliau

Edrychodd ar ei law. Edrychodd y lleill arno'n edrych ar ei law. Ei dal am i fyny, a'i throi o'r cledr i'r cefn, o'r cefn i'r cledr. Yr oedd yn grediniol y dylai fod creithiau hyd-ddi, a phigau'r mieri, dylai fod gwaed. (Yn blant, eu diléit oedd cogio mai gwaed oedd sudd y mwyar.) Dylai'r pethau hyn i gyd fod yna yn eu crynswth. Wedi'r cyfan yr oedd wedi mynd drwy'r drain yn hel meddyliau. Gwenodd ar y lleill pan welodd ef hwy'n edrych arno ef yn edrych ar lendid ei law. "Cricmala," meddai. A'r llaw yn gostwng.

●

Jam Donyts

"So-ri!" meddai'r ddynes, ei llais yn llusgo ar hyd yr 'o', wrth y wraig arall oedd ar fin dweud, oherwydd hi oedd y nesa', "Torth fach wen," a chario 'mlaen i ofyn am bedair jam donyt, mewn bocs nid mewn bag, nes peri i'r wraig arall wenu – wedi'r cyfan, be' oedd yn newydd? – yn llawn rhyw ddealltwriaeth diymhongar, a chan wasgu'n dynnach ei bag negas, feddwl – wedi'r cyfan, be' oedd yn newydd? – mi liciwn i'ch lladd chi, lladd y llond siop, lladd y ffwcin tre', a "Torth wen fach, os oes gynnoch chi un," cafodd y cyfle i'w ddweud yn y man wrth edrych ar lond shilff o'r tacla yn rhythu arni.

●

Y Cigydd

"Mm," meddai'r ddynas o 'mlaen i yn sbio ar hyd y cig ar y cownter. "Mm," meddai hi drachefn, yn culhau ei golygon debygwn i o'r sirloin i'r tjops i'r beliporc. "Be' ga i dwch?" meddai hi wrth y cig fel y medrai'r Cigydd oedd wedi bod yn ei gwylied ers hydion ar yn ail a chil-edrych i gyfeiriad y ciw oedd yn hel, glywed. "Dwi'm yn werthu fo," meddai'r Cigydd yn siort. "O! neith omlet," meddai'r ddynes, "Gowch mi hannar dwsin o wya. Na, dwsin. Na, hannar. Ta 'sa well mi gal dwsin dwch? Na, hannar dwsin o wya. Gowch mi hannar dwsin." Cafodd. Talodd. Ymadawodd. Dyrchefais innau fy llygaid tua'r Cigydd a oedd yn barod yn gwenu arnaf, ac a ddywedodd: "Heddiw y byddi gyda mi ym mharadwys." A sylwais ar y goron ddrain ar ei ben. "Diolch," meddwn, "Brisget ar gyfar lobsgows, plis." Cefais. Telais. Ymadewais. Dirnadais fod y cyfan o'r Testament Newydd yn y ciw. Euthum heibio'r Fair Fodlen lupsticaidd, a'r titw Sacheus gwyddwn, pen moel. Yn y drws, a gorfu i mi fynd ei heibio wysg fy nghefn, yr oedd Lasarus a oedd weithian yn drewi. A thu ôl iddo ef y wraig o Syroffinicia. Tu allan roedd hi'n bwrw fel o grwc, a'r brisget wedi ei lapio yn feddal hyfryd yn fy nwylo fi.

●

Cyn Bod Trosiad

Yn y dyddiau pell rheiny'n ôl pan nad oedd trosiad na delwedd, a'r gair 'fel' yn ddim byd ond gair llanw yr oedd y gosodiad o'i flaen yn golygu yr un peth â'r gosodiad ar ei ôl yn ddiwahaniaeth, yr adeg hynny y derbyniais i fy addysg. Pam fod rhein yn rhythu ar bob cegiad sy'n mynd i mewn i nhwll cacan i? Babis oedd bob dim i mi yn 'rysgol, tu allan i 'rysgol, ac ar ôl 'rysgol. Babis. Babis. Dim byd ond babis. "Fedar hi ddim deud gwahaniaeth rhwng babi dol a babi go-iawn," fydda Mam yn 'i ddeud. Mam oedd hefyd yn ffanatig babis. A mi ges le hefo Tomos Bach. Pam fod rhein yn rhythu ar bob cegiad sy'n mynd i mewn i nhwll cacan i? A mi ges le hefo Tomos Bach, Bon Marche. Siop ddillad babis. A chyn agor unrhyw ddrôr i gwsmer gael gweld mi fydda Tomos Bach yn rhoid pâr o fenig gwynion amdano. "We must not dirty the merchandise!" oedd ei ddywediad o bob tro, er mai Cymro o Glan Gloyw oedd o. Er na wyddwn i bryd hynny mwy na rŵan lle'n union oedd Glan Gloyw. Sir Fôn? A dwi di ca'l digon, a dwi'n codi o'r bwr' bwyd a gweiddi ar y ceidwad: Pam fod rhein yn rhythu ar bob cegiad sy'n mynd i mewn i nhwll cacan i? Mae hyn wedi digwydd ar hyd y blynyddoedd yr ydw i wedi nghloi yn fama. Ac yn enwedig pan mae 'na newydd-ddyfodiaid sydd cyn eu dyfod i'r lle 'ma wedi clwad amdana i. Mam fydda'n deud o hyd am bob babi welsa hi, "O! Mi fedrwn dy fyta di." Hi a'r gyfundrefn addysg sy'n gyfrifol am fy mod i yma. Dwi'n gweld rŵan y menig gwynion am ddulo Tomos Bach, Bon Marche a phob un drôr yn rhyfeddod o ddillad taclus, cymen babis bach. Pinc ar gyfer genod. "Blue for the boys." A mi roeddwn yn glafoeri.

●

Y Pechod Gwreiddiol

Gwyrodd Lena ei phen yn ofalus uwchben y gwpan de a'r soser, ac â'r un gofal agorodd ei cheg; arhosodd fel yna hyd nes y teimlodd ei glafoer yn disgyn yn un strimyn hir i'r te poeth. Nid pwyri oedd hyn. Yr oedd yn gas ganddi bobl – dynion ran amlaf – oedd yn pwyri; yr hychu yng nghefn y gwddw a wedyn y saethu fflem i'r pafin. Ych! ... Meddai o'r gegin: "Siniyr moment yn fama, ond atgoffa fi faint o siwgwr?" A chlywodd o'r ystafell ffrynt yr ateb: "Fydda inna'n 'u ca'l nhw hefyd. Ond llwyad a hannar." Nid oedd Lena wedi prynu siwgwr ers cyn co' – dwi'n ddigon melys fel ag yr ydw i, dywedai'n aml – byddai'n 'benthyg' peth o'r caffis crand yr arferai eu mynychu o bryd i bryd, yn achlysurol, caffis siwgwr lwmps bwriadol amrwd eu gwneuthuriad – nid ciwbs perffaith wyn a llai eu maint y caffis coman – y siwgwr lwmps brown ac *off-white*, cwrs i'r cyffyrddiad, a byddai'n gwagio llond powlen ohonynt yn llechwraidd i'w bag, rhag ofn y byddai rhywun a ddeuai i gael te pnawn â hi yn cymryd siwgwr. Fel Mona heddiw. Felly rhoddodd Lena siwgwr lwmp cyfan – llwyad a hannar decin i'n fanna, meddyliodd – yn ei cheg a'i droi a'i drosi â'i thafod am ychydig cyn eto wyro'n ofalus ei phen i fod o fewn dim i'r gwpan ac â'i thafod fedrus wthio'r siwgwr lwmp yn araf rhwng ei gwefusau i'r te'n ddi-sblash. "Faint o lefrith?" holodd. "'Mond digon i droi'i liw o," ebe Mona, "Pam na ddoi di â bob dim ar drê dŵad?" Ond erbyn hynny yr oedd Lena yn codi'n ofalus lond llwy bwdin o lefrith o soser Twdls, ac â'i llaw arall o dan y lwy er mwyn dal unrhyw ddiferion arllwysodd y llefrith i'r te chwilboeth. "Gymri di ecl?" gwaeddodd. "Na," clywodd, "Ty'd yn d'laen. Mae gin i rwbath mwy sbeshal na rhyw ecl." Rhoddodd Lena y cwpaned te ar drê lle roedd ei phaned hi eisioes yn aros a'u cario i'r lolfa lle roedd Mona ar ei thraed ac yn rhoi'r llun o Goronwy yn ôl yn ei le ar y shilff ben tân. "Mi fydd hi'n ddwy flynadd arno fo 'rwsos nesa. Di hiraeth ddim yn pallu," meddai Lena, "Ond tyd, deud 'tha i am Fienna!"

"Drycha!" meddai Mona, yn dangos dwy dafell o deisen yn gorwedd ar doili aur. "Cacan tjoclet," meddai Lena. "O! naci," ebe Mona, "Sacher Torte, rheina. Mi fydda 'u galw nhw'n gacan tjoclet yn insylt. Cym' un. A dyma ti syrfiét o'r Café Sacher i'w gwarchod hi." "Gadwa i hi tan leityr os wt ti ddim yn meindio," meddai Lena. "Fel fynnot ti," atebodd Mona, "Ond rŵan am Fienna, gad mi ddeud wrtha ti ... " Ac o ryw le pell am fod rhywbeth ynddi wedi diffodd clywodd Lena eiriau ac enwau megis Ringstrasse, Schloss Belvedere, rhywbeth am ryw Third Man, Prater, Egon Schiele, Staatsoper, einSpanner a Joseph Haydn. Yn dyfod ati ei hun, meddyliodd Lena y byddai'n well iddi holi am y Sound of Music. "Yn Salzburg ma hwnnw, be' haru ti'r gloman?" meddai Mona. "Ŷf dy de," meddai Lena. "Dwi di gneud 'ndo," meddai Mona, "Odda ti'n clwad be on i'n ddeud, dŵad?" Edrychodd y ddwy ar ei gilydd. A'r pethau rhyngddyn nhw'n bownsio ar drampolîn o fudandod. "Ti 'di bygwth dŵad hefo fi fwy nag unwaith i'r llefydd 'ma," meddai Mona yn y man. "Falla do i," meddai Lena, "Ond mae isho pres 'ndoes?"

Cofiodd Mona'n sydyn fod y dyn papur-papuro'n dŵad am bump.

Yr un pryd ag y gwelodd Lena y Sacher Torte'n llithro am i lawr o'r doili aur i'r bin sbwriel oherwydd wyddoch chi ddim be' ma' pobol yn 'i roid mewn bwyd dyddia' yma, teimlodd Mona eto yn ei chof law Goronwy'n llithro am i fyny ar hyd ei chlun a'i llaw hithau'n dadfotymu ei grys, fel petai yna ryw unoliaeth tebyg i gyfeillgarwch, dwfn o'r golwg, gwaelodol a thragwyddol ddistaw yn cydio'r ddwy wrth ei gilydd am byth.

●

Ffisig Ceiliog Ffesant

Yr oedd hi'n dri o'r gloch y pnawn o'r diwedd ac felly edrychodd Kyffin Huws drwy'r ffenestr amdano ... Gwenodd – oherwydd rŵan hyn y gwawriodd arno – nid oedd tri o'r gloch y pnawn yn golygu dim i geiliog ffesant. Rhywbeth amdano ef, Kyffin a'i fyd, oedd tri o'r gloch yn y pnawn. Ac oherwydd i'r ceiliog ffesant am y tridiau diwethaf – tri diwrnod yn olynol yw tridiau, ond nid fel yna y bu mewn gwirionedd, ar dri diwrnod ar wahân a dyddiau eraill rhyngddynt y daeth y ceiliog ffesant, ond teimlent fel tridiau i Kyffin, yr oedd iddynt emosiwn patrwm tridiau – ac oherwydd i'r ceiliog ffesant am y tridiau diwethaf gadw'r oed drwy gyd-ddigwyddiad y tri o'r gloch dyddiol, yr oedd o felly yn 'brydlon', yn 'cadw i'w amser', yn creu ym meddwl Kyffin yr ymdeimlad angenrheidiol o 'ffyddlondeb'. "Ar fy ngwir," meddai Kyffin, yn gweld a sbio ar ei watj yr un pryd i wneud yn siŵr, "dyma fo. Ar y dot. Jysd abowt." Yn cerdded – nid cweit y gair iawn, efallai, ond fel petai drwy ymestyn rhywsut yn rhythmig ei gorff, a'i draed wedyn yn cytuno â'r ymestyniad ac yn symud yn ei flaen, ei ben yn troi fymryn o ochr i ochr gyda'r symudiadau llawn pwyll – yn 'cerdded' ar hyd unig lôn y stad dai, o le ni wyddid, nes cyrraedd mynedfa tŷ Kyffin, troi i mewn i'r ardd, pigo fan hyn, fan draw, a symud yn ei ffordd ei hun i'r ardd drws nesaf, lle byddai'r dyn drws nesaf bron wastad, os oedd wedi ei weld, yn dweud dan ei wynt: "Biti na 'sa gin i wn." Digwyddodd hyn i gyd eto heddiw a theimlodd Kyffin eto heddiw y diolchgarwch dwfn hwnnw yn ei feddiannu ac nad oedd yn edifar erbyn hyn ddim byd o'i fywyd, dim iot, er iddo gael yn y blynyddoedd a fu byliau o edifeirwch am ambell i beth. Helpodd Kyffin y doctor brwdfrydig i fedru dweud wrtho ef, Kyffin, y dylid dibennu'r driniaeth. Yr oedd y feddyginiaeth bellach wedi peidio rhoi gwellhad, ac wedi troi'n rhan o'r salwch. Ychydig ddiwrnodiau'n dilyn y penderfyniad y daeth y ceiliog ffesant am y tro cyntaf. O leiaf, dyna pryd y sylwodd Kyffin arno a rhoi dau a dau wrth ei gilydd.

●

Y Sied

Yr oedd Mr Davies wedi teimlo'r ysfa ar y bws ar y ffordd adref o'i waith. Serch hynny, ni theimlai unrhyw orfodaeth i newid patrwm sefydlog ei ddyfodiad yn ôl i'r tŷ wedi diwrnod yn y swyddfa: cau'r drws ar ei ôl yn dawel; tynnu ei gôt a'i het a'u hongian ar y stand moel; gosod ei gas lledr i orffwys wrth odre'r stand; gwrando ar waelod y grisiau cyn sibrwd yn uchel i fyny i'r llofftydd: Dwi'n ôl; gwrando eto rhag ofn; agor drws y rŵm ffrynt; mynd i mewn; edrych o gwmpas; gweld nad oedd y teledu, na'r soffa, na'r radiogram wedi symud o'u lle; nad oedd 'Dwy Law yn Erfyn' Dürer yn gam ar y wal; eistedd ar stôl y piano; ysgubo'r llwch â'i law o'r caead, os oedd llwch; codi'r caead; canu'r piano: 'Clair de Lune'. Petai heddiw ddim yn ddiwrnod yr ysfa byddai Mr Davies rŵan yn mynd i'r ffridj i ddewis ei swper o blith y platiau a oedd wedi eu gorchuddio â chlingffilm tynn a di-grych. Ond yr oedd heddiw yn ddiwrnod yr ysfa. Felly aeth Mr Davies allan drwy'r drws cefn; cerdded ar hyd llwybr yr ardd at y sied; tynnu'r goriad o boced ei wasgod a datgloi'r padloc; agor drws y sied, a mynd i mewn; bolltio'r drws o'r tu mewn; o'r hoelen ar gefn y drws codi'r cap pig dreifar bws a'i wisgo am ei ben. Gadawodd i'w lygaid ddygymod â'r hanner golau. Cyfarchodd y plant a welai y tu ôl iddo yn y drych cogio bach. Helo, Elsbeth Ann. Helo, Heulwen Rhian. Helo, Lleucu Mererid. Helo, Hedd Eliasar. Helo, Reuben Glyn. Helo, Hagai Rwth. Trodd i wynebu'r manecwins oedd yno'n eistedd eisioes yn barod ar yr amrywiaeth o gadeiriau mewn dwy res fel mewn bws. Dywedodd pob un o'r plant helo yn ôl wrtho. Medrai eu clywed. Dim rhy uchel, rhybuddiodd hwy. Syllodd ar y cadeiriau gweigion. Rŵan ta, meddai, well ni tjecio tydi cyn cychwyn, a thynnodd y rhaw o'r sach a gweld ei metel yn sgleinio yn yr ychydig oleuni oedd ar ôl o'r dydd. Dychwelodd hi i'r sach a'i gosod yn ofalus y tu ôl i sedd y gyrrwr. Eisteddodd yntau yn y sedd. Cododd yr olwyn lywio o'r llawr, newidiodd gêr, a dechreuodd y bws symud yn araf ar hyd lonydd ei feddyliau, cyflymu rhywfaint, i lawr y gelltydd a rownd y trofâu, hyd nes y deuid yn y man i'r cwm ei hun, y dagrau'n powlio lawr ei ruddiau. Y plant y tu ôl iddo mor ddistaw â'r bedd.

●

Yr Wyddor

Chwaraeodd Elin eto y pnawn hwn â llythrennau'r wyddor, y llythrennau yr oedd hi wedi eu torri'n ofalus â siswrn torri gwinedd ei chwaer fawr – "Ti 'di gweld 'n siswn i?" "Naddo, pam?"– o gylchgronau, a chatalogs, a biliau, a fflaiyrs. Chwarae â'r llythrennau, eu symud ymhlith ei gilydd, hyd nes y byddai hi'n cael hyd i enw. A'r enw'n troi'n siâp, nid dynol o anghenraid, gorau oll os nad dynol, a'r siâp yn ymrithio'n gymeriad, cymeriad ffeind, cryf, fyddai yn ei hamddiffyn doed a ddelo. Yr oedd y llythrennau ers misoedd wedi bod yn llawn dop o enwau gwarcheidiol. Nid oedd yr un ohonyn nhw wedi ei siomi, na'i gadael i lawr. EonAGAstANa Bw oedd yr enw a ddarganfu heddiw. Teimlodd ei bawen yn ei llaw hi. Gwyddai fod ganddo ewinedd. Ac y byddai yn ei hamddiffyn a hithau'n nos Wener, a dechrau'r wicend, rhag y gweiddi, a'r malu pethau, y taeru, a rhyw ddyn diarth arall.

●

Armagedon

Gwyddai Edgar Huws yn iawn eu bod nhw y tu allan. Yr oedd o wedi gweld un ohonyn nhw gynnau wedi ei wisgo fel postman yn mynd heibio ei dŷ; faint dybed yn eu gwiriondeb oedd wedi agor yr amlenni a'r parseli y bore hwn? Ond yn waeth na hynny hyd yn oed, ac yn gynharach yn y bore, yr oedd yr un a oedd mewn lifrai dyn llefrith yn mynd o stepan drws i stepan drws yn gadael hylif gwyn mewn potel ar ei ôl. Faint erbyn hyn oedd wedi agor caead y botel, mwya' gwiriona nhw, rhai mewn diniweidrwydd eto rhaid addef, ac yfed y cynnwys a dyna hi – capwt! A'r sŵn glywodd o cyn gwawrio ac iddo – gorfu iddo fagu dewrder i wneud hyn – sbecian drwy'r blinds, ac yno roedd pedwar dyn yn cogio bach wagio'r biniau lludw. Be' oedd eisiau gwagio biniau lludw pan oedd tân mewn grât wedi hen beidio bod? Pwy oedd y rhein yn geisio'i dwyllo? Wedi'r cyfan gwyddai ef yn iawn bellach be' oedd ailgylchu yn ei feddwl. Ond weithiau byddai un neu ddau ohonyn nhw yn camu i'r golwg o du ôl i'w cymryd arnyn', tynnu'r masg fel 'tai, yn ddamweiniol mae'n debyg, ac yn cael y drefn wedyn gan y lleill oedd yn aros amdanynt ar y stryd, y swpyrfaisyrs fel maen nhw'n cael eu galw; fel y ddau a ddaeth i'r drws ac iddo ef, Edgar Huws, ar foment wan ei agor, a gan ddal rhyw fagasîn o dan ei drwyn, holi'r cwestiwn: a ydach chi'n meddwl fod diwedd y byd ar fin digwydd? Gwyddai wedyn. Felly'r pnawn hwn ba ddewis arall oedd ganddo? Gwthiodd y soffa yn erbyn drws y stafell fyw – beth bynnag oedd ystyr byw yn y cyd-destun yna bellach – a chefn y ddresal yn erbyn y ffenasd. Ond wrth godi i chwilio am yr efail bedoli, y carped wedi ei godi eisioes, fel y medrai ryddhau o'u lle gymaint ag y gallai o brennau'r llawr, daeth wyneb un ohonyn nhw i'r drych ar y wal. Roeddan nhw eisioes y tu mewn. A'i holl ymdrechion yn ofer. A'r lleill y tu allan yn gweiddi: "Edgar, 'gorwch. 'Gorwch y drws, bendith y tad i chi."

●

Nos Ystwyll

Ar ôl yr helbul o'r blaen, anfonwyd tri heddwas y tro hwn gyda'r gorchymyn i beidio cynhyrfu'r dyfroedd.

Yr oedd un heddwas erbyn hyn ar ei liniau o flaen y drws ffrynt.

"Joe," meddai drwy'r letyr bocs, gan ddefnyddio'r un tôn llais ag a ddefnyddiodd gynnau hefo'i gariad cyn cychwyn ei shifft, "Joe, jysd tyd di hefo'r babi bach i'r ffenasd. At lle roedd y goedan Dolig gin ti. 'Mond i ni gal gweld 'ch bod chi'n iawn. Fel medrwn ni adal iddyn nhw wbod adra," – cawsai orchymyn i beidio dweud yr enw, Leusa – "A mi awn ni o'ma wedyn. Fedri di neud hynny i ni, Joe? ... Joe? ... Joe?"

Mae'n debyg mai wedi hynny y clywodd o arogl y nwy.

Welodd o y fflach seren yn nhywyllwch y pasej sy'n gwestiwn.

●

Dinas Dinlou

(Dywedwyd ar y cyd gan Lou a Gee)

Dyma Lou. Dyma Gee. Witj wans witj? Cwestiwn tric. A da ni'n ffeimys – dwi'n meddwl bod ni'n ffeimys bai naw; ti'n meddwl bod ni'n ffeimys? – am neud sgylptjyrs length an bredth o Cymru. A dutho ni fama a wedi hel o'r bîtj boteli Domestos, ddi od fflip-fflop, poteli Evian, nutho ni constryctio'r biwti yma a rhoid Plastigwedd yn enw arni ... Oce? Heit bing ffulmd ... Na a No. Am not dwing ut agen. Sachdiddim yn gofyn i Gilbert and George, or ddy Chapmans neud o eto. A lwc, ddy ffycin taid's cymun in eniwe. Cym on Lou. Cym on Gee. Cym on Plastigwedd. Wir ôl ddy sêm tw iw.

●

Ffonio

Fedar Mam ddim dygymod hefo mod i wedi mynd i ffwr' tro 'ma. 'Nenwedig i fama. 'Rhen le 'na, fel roedd hi'n arfar 'i alw fo ... Methu deud yr enw hyd yn oed, ar hyd ei hoes. Mi oedd hi'n ddrwg pan es i i'r coleg. Cofia di ffonio bob nos. A mwya gwirion fi mi gytunais, er nad ydy Bontnewydd mor bell â hynny o Fangor. A'r un tro hwnnw, ddeuddydd wedi i mi gyrraedd, wsos y glas, a finna'n chwil gachu'n perswadio Mererid i roid hancas am y risifyr a thrio dynwarad 'n llais i, mam yn deud, ti'n swnio'n bell iawn, dwnim be' ti'n ddeud wir, ond o leia' dwi'n clwad dy lais di, a gwbod dy fod ti'n iawn, er dy fod ti'n swnio fel Mererid chwilia fyth. Ond mi rois 'y nhroed i lawr noson 'y mhriodas. Be' haru chi, Mam? medda fi. A Wil yn 'i drôns newydd yn deud cyn i ni be'-chi'n-galw, Well ti ffonio dy fam gynta? O! medda hi pan gododd hi'r risifyr, O! be' haru ti'n ffonio dy fam ar noson dy briodas. A wedi imi fustachu i mewn i gar Elsbeth Ann yn fy nybla mewn poen, ac yn grediniol y bydda raid ni stopio'r car i roid genedigaeth mewn lei-bai yn Pant Glas, mi welwn Wil yn y ffenasd yn dal y ffôn ac yn gneud siâp ceg, Dy fam. A 'raeth yr un noson heibio byth wedyn cyn i mi godi'r ffôn arni, 'Mond i ddeud mod i'n iawn'. Mae hi o hyd yn codi'r risifyr a gwrando. Weithiau ganol nos. Mam, fydda i'n 'i ddeud. Mam. Ond does 'na'm dichon iddi hi nghlwad i. Mwy na finna hitha. O fama. Yr hen le 'na.

●

'Gwêl Fynydd'

Mae'n debyg mai'r nyrs yn gwasgu top ei braich gan ddweud: "Cyhyra' o hyd!" wrth roi'r pigiad ffliw iddi, ac iddi hithau ymateb: "Yr holl odro 'na sdalwm," a blannodd y syniad gyntaf oll yng nghrebwyll dyfeisgar Gwennie Tomos. Syniad a oedd heno'n benderfyniad, hithau wedi gwisgo ei dillad gorau – roedd yn rhaid iddi fod yn smart ar gyfer y weithred hon; roedd hynny'n rhan o'r weithred rywsut – ac felly wedi iddi hi roi ei chôt amdani, codi'r fatras lle roedd hi wedi cuddio'r morthwyl – morthwyl Huw Llwath, handi-man y cartref: "Witjwch chi rŵan, lle rois i'r mwrthwl 'na, dwch?" – gwthio'r morthwyl i'r rhwyg a wnaeth yn ofalus, bwrpasol yn leinin ei chôt, ac allan â hi i'r cyfnos yn ddiarwybod i neb, diolch i'r 'short staff twnait agen'.

Cwta chwarter awr a gymerodd iddi gyrraedd y tai teras a'i hen gartref. Edrychodd ar yr enw: CHERITON. Tynnodd y morthwyl o leinin ei chôt a dechreuodd ei falu. Diflannodd yr I i'r crac yn y lechen. Aeth yr O a'r N yn ddarnau mân. Y T yn dipiau. Yr E a'r R yn deilchion ar yr un pryd. Gwenodd wrth benderfynu â choegni pleserus adael yr CH oherwydd llythyren Gymraeg oedd honno. Yn ei dychymyg ar y wal lle bu'r anfadwaith anghyfiaith daeth yr enw go-iawn, Gwêl Fynydd, yn ei ôl fel petai'r geiriau wedi aros eu cyfle i ddychwelyd. Trodd hithau, yn ei dillad gorau, ei braich yn estynedig, y morthwyl yn dynn yn rhyddid ei llaw, a bowiodd yn hir, nid i'r wal a'r ceir llonydd o'i blaen, ond i hanes, i draddodiadau, i'r tir, i'r iaith, i genedl fyw.

"Lle dach chi 'di bod?" meddai'r meitron yn flin ac yn short wrthi pan ddaeth yn ei hôl yn fyr braidd ei gwynt, "Da ni 'di bod yn chwilio amdanach chi."

"A finna wedi cael hyd i mi'n hun," atebodd hithau, "Hwdwch," meddai, "Presant i chi."

A rhoddodd y morthwyl iddi.

●

'Myfanwy' ac 'Ifanwy'

'Y ddwy chwaer gwallt coch'; fel yna yr adwaenid hwy gan 'bawb'. Weithiau clywid, ran amlaf gan y rhai oedd yn byw agosaf atynt, 'y ddwy gochan'. Yr oedd sôn fod 'chwaer arall' ar un adeg, ond 'blondan', ac iddi wneud amdani ei hun. Yn y dyddiau pan oedd y ddwy yn 'ferched sengl', roedd un 'yn gweithio i ffwrdd' a'r llall 'yn y banc, dwi meddwl'. Wedi i'r trothwy annelwig hwnnw gael ei groesi, ac iddynt ddyfod yn 'ddwy hen ferch' penderfynasant 'brynu tŷ' hefo'i gilydd 'er mwyn y dyfodol'. Ond clywyd 'o le da' i'r tŷ gael ei droi'n ddau fflat 'lle bod y ddwy 'yn mynd ar nyrfs ei gilydd'. Deuent at ei gilydd 'bob gyda'r nos am lymaid'. Er eu bod o dan yr unto 'deuent at ei gilydd yn ddi-ffael i rannu swper'; ac ychwanegwyd, 'ac i watjad telifishyn'. Nid dwy chwaer oeddynt: roeddynt yn cysgu hefo'i gilydd. Nid oeddynt yn hoffi plant. 'Mi gafodd un ran mewn Docdor Who cynnar.' Ar bnawn Gwener ola'r mis byddent yn mynd i Flaenau Seiont. Ymwelai un â 'Bob'. Gŵr gweddw ers dwy flynedd bellach oedd 'Bob'. Ond yr oedd yr ymweliadau 'wedi mynd ymlaen ers blynyddoedd lawer'. 'Bob' ddywedodd hyn yn y Four Alls. Erbyn hyn yr oedd yr 'ymweliadau' wedi eu diniweitio i fod yn ddim byd mwy na 'chacan a phanad'. Yr oedd gan 'Bob' le chwech lawr grisia, felly doedd ddim rhaid iddi hi fynd 'i fyny'r grisia o hyn ymlaen'. Aeth yn ffradach yn y Four Alls un gyda'r nos pan edliwiwyd i 'Bob' am 'y pnawniau Gwenar howdidŵ' a 'chansar ei wraig'. Arferai'r 'chwaer' arall ar y pnawniau Gwener(?) hyn fynd i'r Cei i aros ei 'chwaer'. Yn yr haf eisteddai ar fainc yn y Sowth o Ffrans, fel y'i gelwir ar lafar. Yn y gaeaf byddai'n 'mochel o dan ambarél glas wrth ymyl Porth yr Aur. Oherwydd fod rhai pethau yn ei bywyd mor affwysol o boenus, ac weithiau bron â'i llethu, arferai fynd i'r Cei a'u henwi fesul un, a'u gollwng i'r dŵr fesul un eto, gan adael i'r llanw eu cario o dan Bont Britannia a Bont Borth ac i ebargofiant. Deuai oddi yno yn ysgafnach a bywyd yn bosibl eto. Weithiau teimlai fel taflu ei hun yn gyfan gwbl i'r dŵr. Byddent yn dreifio adref yn ôl mewn tawelwch wedi eu digoni, ill dwy, mewn gwahanol ffyrdd. Tra oedd un yn mynd i'r 'clas laiff drowing', aethai'r llall i'r 'A.A. miting'. Yr oeddent wedi cael eu gweld yn y ddau le. Er i'r un a'u gwelodd yn y ddau le amodi'n sydyn ei datganiad drwy ddweud mai 'rhywun arall' a'u gwelodd, 'heb enwi neb, wrth gwrs, ond mi fasach yn synnu'. 'Mi ddath i fyw at y llall pan laddwyd 'i phlant i gyd. Yn ddigon pell. Mi oedd o ar y niws ...' Yr oeddent yn hoff 'o fwydo adar bach'. 'Maen nhw'n deud nad oes yna fawr o betha' yn y tŷ.' 'Ma nhw'n cerddad rownd y tŷ'n noethlymun.' 'Pa ddwy chwaer?' 'Gwallt coch? Dybad?' 'Aliens ydyn nhw.' 'Dwnim.' 'Sgin i'm syniad.' 'Dim obadeia.' ''Run clem.' 'Who cares de.'

●

Cwmpeini

Yr hyn yr oedd Elfed yn ei golli fwyaf oedd y speaking clock.

●

Quick

Yma rydw i. Du. Yr oedd Glas ar gael. A Glas-Du. Ysgrifennodd ambell i beth hefo'r lliwiau rheiny. Pethau dim cystal, glywais i. A hynny, waeth mi addef ddim, yn fy mhlesio. Yn ôl ata i y daeth o bob tro. Du. Medrid cael Coch hefyd. Ond ni fyddai yn ei natur i ysgrifennu mewn Coch. Byddai Coch yn ei grebwyll fel 'cefnder i'w nain a ymfudodd i Chicago', ac na chlywyd dim amdano fyth wedyn. Fi oedd y ffefryn. Ond mae'n rhaid i rywun – fo? y diwrnod y bu farw? pwy arall? – mae'n rhaid i rywun – nid wyf am ei gyhuddo, yr hen gyfaill – mewn hast, mae'n debyg, sgriwio'r top yn ôl yn gam. Dwi ddim felly wedi cael fy nghau'n iawn; ac felly rwy'n hollol sych y tu mewn erbyn rŵan; dim ond staen fy lliw yn fewnol hyd y gwydr. Fel ysbryd yn edrych drwy ffenestr.

Rwy'n hiraethu am iaith. Am y gorffennol oedd yn eiriau Cymraeg i gyd. Yn y düwch a oedd fy hanfod unwaith – y düwch golau – breuddwydiaf. Yn fy mreuddwydion fe'u gwelaf eto: *euthum, ond, braf, ac, awel, â, gorwelion, afon, ywen, cribyn, iâr, cwmwl,* ... a'r gweddill.

●

Beef Wellington

"Guthwn i?" meddai'r wraig wrth Mererid gan bwyntio at y gadair wag yr ochr arall i'r bwrdd; Mererid oedd yn ail-ddarllen y fwydlen ar gyfer nos Sadwrn, ac yn llawn amheuon am y canfed tro ynglŷn â'i dewisiadau, ei choffi'n llugoeri yn y gwpan.

Cododd Mererid ei golygon i gyfeiriad y llais, ac edrychodd hefyd ar yr holl gadeiriau a byrddau gweigion hyd y lolfa. "Wrth gwrs," meddai cyn mynd yn ôl i astudio'r fwydlen. Sbingoglys, meddai wrthi ei hun.

Wedi eistedd, edrychodd y wraig arall yn hamddenol i gyfeiriad y bar caeedig, ei dwy law yn ysgafn, gyfochrog ar ei harffed. Yn y man, meddai wrth Mererid: "Ydy'r dipreshyns yn well?" Nid oedd Mererid wedi clywed hyn, penderfynodd. Key-lime pie, meddai wrthi ei hun. Yn ddigyffro, yn ddi-ffys, byddai yn codi yn y munud. Peth gwirion oedd cytuno i'r coffi. Oherwydd iddi gael ei gynnig am ddim.

"Mi oedd hi'n ddrwg gin i glwad, cofiwch, nad oes 'na'r un dyn yn saff hefo chi. Ac mai felly mae hi wedi bod o'r cychwyn cynta," meddai'r wraig o'r ochr arall i'r bwrdd.

Gwyddai Mererid heb godi ei phen fod y wraig yn parhau i edrych i gyfeiriad y bar cloëdig. Digwyddodd rhywbeth fel hyn o'r blaen iddi ar y trên yn ôl o Gaer, ond mai dyn oedd yna y tro hwnnw. Yr holl bobl sâl, meddyliodd. Dauphinoise, clywodd yn cael ei ddweud o'i mewn.

Mae'n rhaid fod y wraig wedi amgyffred fod Mererid ar fin codi, felly safodd hithau ar ei thraed hefyd, a meddai: "Neb ydy'n enw fi. Y Neb sydd yna yn: Does 'na Neb arall yn 'y mywyd i ond chdi. Gobeithio'r tad neith Llŷr fwynhau 'i barti pen-blwydd arwyddocaol nos Sadwrn."

O blith llythrennau chwâl y fwydlen a oedd yn rhwbstrel hyd ei hymennydd medrodd Mererid rywsut roi beef wellington wrth ei gilydd.

●

'Every Little Helps'

Ger y shilff wyau rhoddodd Elfed ei fasged a'i chynnwys – paced o facaroni – i lawr, agorodd un o'r bocsys wyau, tynnu un wy allan a'i roi yn ei boced, a gosod y bocs yn ôl yn ei le. Aeth at y til i dalu. Teimlodd am unwaith ei fod wedi cael y gorau ar bawb a phopeth. "Siort ora," atebodd gwestiwn-rhaid-ei-ofyn-i-bob-cwsmer y ddynas ar y til.

●

Anrhydedd

Yr oedd wedi bod yn edrych drwy'r ffenestr ar ei ben ei hun ers dros awr yn aros, a phan welodd y ddau heddwas yn cerdded ar hyd y dreif at y drws ffrynt, atgoffodd ei hun eto ei fod yn O.B.E., ac fel rhywun a oedd yn berchen ar O.B.E. y byddai'n agor y drws iddynt.

●

Dychwelyd

Wrth gerdded yn ei ôl i faes parcio'r ysbyty am ychydig wedi wyth y noson honno ni allai Ifor gredu fod y byd o'i gwmpas yn dal yr un fath; yr oedd y ffaith i'w gar sdartio yn hollol anghredadwy.

●

Agor Cyrtans

Agorodd Elsbeth y cyrtans ben bore a gwelodd y môr eto. Y môr a welodd ddoe. Ac echdoe. Tasa'n mynd at hynny, y môr a welodd yn blygeiniol fel hyn ers dros chwarter canrif a mwy. Ond fe'i gwelodd rŵan fel petai yn ei weld am y tro cyntaf erioed. Fe'i rhyfeddwyd. A phenderfynodd na fyddai'n mynd eto i'r dosbarth Pilates, a phawb yn gweiddi cyn dechra: Use it or lose it; nac ychwaith i'r Walking Football for the Over Seventies; ac yn bendant fyth eto i'r cylch darllan lle roedd pawb yn trio bod yn glyfrach na'i gilydd. Yr oedd hi wrth ei bodd ei bod yn saith deg a thri. Ac yn y munud fe fydd hi'n canslo'r Personal Funeral Plan for Your Peace of Mind.

●

Dydd y Briodas

Gwnaf. Deffrodd Miss Meri Morus eisioes yn ynganu'r gair Gwnaf. Gwnaf, meddai drachefn, yn codi i'w heistedd ar ei gwely, a gweld ar hangar ar ddrws y wardrob y ffrog briodas. Gwnaf. Nid oedd angen iddi ddweud yr un gair arall drwy'r dydd heddiw. Weithiau y mae i ambell ddiwrnod ei air neilltuol. Gwnaf. Gwnaf. Gwnaf. Gwnaf. Gwnaf. Gwnaf. Gwnaf. Gwnaf. Gwnaf. Llafarganodd; ynganodd; sibrydodd; adroddodd; canodd. Cododd. Gwisgodd y ffrog amdani. Cafodd fàth neithiwr. Yr oedd yn ddigon o ryfeddod. Gwnaf. Gwnaf. Fe'i dryswyd ychydig cyn hanner dydd pan ganodd y ffôn. Penderfynodd o weld y rhif mai doeth fyddai ei ateb. Gwnaf, meddai i geg y ffôn. O! be haru mi ... Chdi sy' 'na ... Rwbath odd ar 'y meddwl i ... Waeth ti befo ... Na, fawr o ddim heddiw ... Cricmala'n ddrwg ... Dwy barasetamol ... Na, well ti beidio dŵad heddiw ... Na, mi fydda i'n iawn ... A gofala beidio dŵad fel sypreis ... Fuost ti? ... A ges di hi? Y gôt gamal ... Ddudas i wrtha ti sa ti'n difaru. Neis ... Pa ffrog briodas? ... Welis i moni. Odd hi'n ffenasd odd 'i? ... Wel, naddo dwi'n deud wrtha ti ... Naddo wir ... Arwydd o'r amsera, mwn. Prynu ffrog dy brodas o Oxfam ... Risepshyn yn MacDonalds ... Nes di'm gneud y ffasiwn beth! ... Holi pwy oedd 'di phrynu hi. Ches di'm gwbod siawns ... 'Swn i feddwl wir ...'Does ddim angan edliw hynny'n nagoes ... 'Na chdi ta ... Ba ddwrnod ydy hi dŵad? ... Bnawn Gwenar amdani a mi gawn dacsi ... Wn i ma'n nhro fi ydy talu ... In e wail croco-dail. Rhoddodd y ffôn yn ôl yn ei le. Taniodd sigarét. Mewn gorfoledd drwy'r mwg melys aeth yn ei blaen i adrodd yr unig air angenrheidiol heddiw: Gwnaf. Gwnaf. Gwnaf. Gwnaf. Gwnaf. Gwnaf.

●

Atebion

Gwyddai Sion Wyn ei fod ar ei wely angau, fel y dywedir. Er eu bod nhw lawr grisiau yn ceisio ei ddarbwyllo yn wahanol, yn bennaf er eu mwyn eu hunain.

Ond y canol dydd hwn dechreuodd yn sydyn chwerthin, chwerthin uchel. Oherwydd yr oedd wedi meddwl erioed tan rŵan fod atebion i'w cael i bob dim.

Agorwyd drws y llofft. "Be' sy'?" holodd ei fab. Hanner ei wyneb yn unig yn golwg rownd ymyl y drws. "Be' sy' o'i le arnoch chi, Dad?"

"Does 'na'm byd o'i le," atebodd Sion Wyn. A pharhaodd i chwerthin.

●

Er Cof

Ar y cychwyn yr oedd yr atgyfodedig yn dal i sefyllian yn bryderus o gwmpas y fynwent. Ambell un yn dal gafael ar yr hyn a oedd weddill o bren eu harch. Yn y man dechreuwyd eu gweld o gwmpas y dref. Bu gwrthdaro rhwng un ohonynt, Gwernddolen Parry (1803-1859 *Yr hyn a allodd hon, hi a'i gwnaeth*) a pherchennog modurdy Revving Up, wrth i Gwernddolen hawlio ei thyddyn yn ôl, yr honnai hi oedd yn 'fan hyn, ddoe ddwutha'.

●

Iaith y Brain

(cyfieithiad)

– I wneud yn berffaith siŵr, gawn ni fynd dros hyn eto? Fyddach chi'n fodlon?

 – Byddwn.

 – Felly siâp ongan oedd yr aig?

 – Ia.

 – Lle ddudsoch chi eto oedd y ddwy hâg?

 – O boptu'r twga.

 – A'r ŵra?

 – O dan y twga.

 – Y ddwy helc ar yr ochrau?

 – Ia.

 – Y cwra?

 – Ar ben yr aig ar y ddau. Ond o dan y twga ac o gwmpas yr ŵra ar un yn unig.

 – Mae'n ddrwg gen i orfod gofyn hyn i chi eto. Ond be'n union oeddan nhw'n ei wneud pan welsoch chi nhw?

 – Hwsba.

 – Mae'n ddrwg gen i ond peidiwch mwngial. Yn uwch, os gwelwch yn dda.

 – Mi oeddan nhw'n HWSBA.*

 – Mi oedd yn wir ddrwg gen i orfod gofyn hyn yna i chi. Rŵan ta, dwi am ddangos llun i chi. Nid ydych i sôn gair wrth unrhyw frân arall fyth, a mae byth yn golygu byth, i chi weld y llun hwn. Dyma fo. Y rhai hyn welsoch chi?

Ysgwydodd y frân ei phen yn araf i gadarnhau mai y ddau yma, yn wir, a welodd.

 – Mae'n rhaid i mi rŵan felly ofyn i chi bigo'r rhisgyl o'r pren yma. Bydd hynny'n golygu eich bod wedi cytuno i gadw'r cêl.

Wedi hynny hedfanodd y Cyrnol ymaith. Y llun a chytundeb y cêl yn ei big.

Byddai'n datgelu yr hyn a glywodd. A gwyddai y byddai ofn

a dychryn yn lledu drwy'r Hedala wrth iddo ddatguddio fod dau ohonynt wedi eu gweld ar ôl balanca mor hir, ond yn fwy na dim wedi eu gweld yn hwsba. Ac os oedd hwsba wedi digwydd, yna byddai mwy na dau ohonynt cyn diwedd y balâ. A chyn diwedd y deca byddent yn ôl a hyd bobman. A goblygiadau difäol hynny.

Glaniodd y Cyrnol ar dŵr yr ArAr, harwfa ei blu yn dwysáu yn llewyrch y marâ tanbaid, didostur.

*Hyd y gwyddys, gair anweddus am y weithred rywiol anfranaidd, ond hominidaidd, yw *hwsba*.

●

Y Dilyw

Yno yng nghaffi *XXXIV* y pnawn 'ma yr oedd Huw Glo fel y'i hadwaenid gynt, Hughes Solar Panels erbyn hyn, a'i wraig Letys May; Gorjys Jorj wrth y bwrdd pella'; y ddau angel hefo'u sginilate a'u capwtjino arferol; Askew Mackie yn arwyddo'i enw ar y ford hefo halen o'r peth dal halen; Dafydd Vawr y barista tu ôl i'r cownter; finna a mam – mam sy'n parhau yn 'y nghalon i er iddi farw dros ddeng mlynedd yn ôl; a'r glaw di-ball ers deufis bellach y tu allan, y cychod ambiwlans, y gwch hers, y cychod bysys yn mynd a dŵad. Aeth morlo heibio'r ffenasd. Ond daeth yn ei ôl i edrych arnom. Edrych yn y ffordd na eill ond morlo edrych.

●

Yr Wylan Deg

Mai 13eg y llynedd yw'r dyddiad a dderbynnir bellach fel y diwrnod y penderfynodd gwylanod Cymru na fyddent mwyach yn derbyn 'na' fel ateb i'w hymgyrch oesol i gipio brechdanau ymwelwyr o bromenadau a lleoliadau eraill. Erbyn hyn, y mae'n rheidrwydd ar i bawb ildio eu cinio iddynt. (Mewn datganiad drwy ei dwrnai, dywedodd Maurice Gove o Solihull: I used to lwv cwming to Abba Desyck. But look at me now, when I refused to give up me sandwich, I was blinded for life.) Yn ogystal, o fory ymlaen bydd yn ofynnol i unrhyw un sy'n aros am fws roi'r flaenoriaeth i wylan sydd hefyd yn aros am fws; hyn ar ôl llwyddiant eu hymgyrch: Pam y Dylem Fflio i Bob Man a Bysus ar Gael. Y mae hyn wedi arwain nifer i ofyn, beth arall sydd ar y gweill gwylanaidd? Yn ddiweddar y mae nifer o wleidyddion blaenllaw Cymru wedi eu gweld wrth ymyl clogwyni arfordirol yn cario rhaffau. Ar ôl genedigaeth ei ferch haerodd un gwleidydd amlwg ond canolig ei ddawn ei fod ef a'i wraig wedi penderfynu ar yr enw Gwylan Haf ymhell cyn i hyn i gyd ddyfod i'r amlwg, ac mai si maleisus oedd honni mai Gwenllian oedd eu dewis cyntaf o enw. Nid yw'n glir ai aden chwith ynteu aden dde yw tueddiad y gwylanod. Modd bynnag, y mae nifer o Dorïaid wedi canmol i'r entrychion eu harferiad – arferiad y gwylanod, nid y Torïaid – o reibio buniau sbwriel. A yw gwylaniaeth yn brysur ddisodli gwleidyddiaeth? Mae rhai wedi dechrau holi'r cwestiwn.

●

Y Dwymyn

1

Yn ddiwyd ers blynyddoedd bu Menai yn hel thermomedrau, eu torri'n ddau a chadw'r arian byw yn ddiogel mewn potel yr oedd yn ei chuddio ym mhoced ei hunig gôt orau.

2

Yn ddiweddar, a hyn fu ei nod o'r cychwyn, dechreuodd ychwanegu y mymryn lleiaf o'r arian byw i ginio ei gŵr, Ifan Charlie.

3

"Mae ei wres o'n uchel iawn," meddai'r doctor heno yn teimlo talcen Ifan Charlie.

4

Hen lol wirion i Menai oedd y dymuniad i 'heneiddio hefo'n gilydd'.

●

Pwy Laddodd Meic Mahonney

(Detholiad neu Pryd i aros tamaid.)

Yr oedd y corff ar lawr y gegin. Un droed ar riniog y drws patio agored. Yr esgid ar goll. Twll yn yr hosan M&S. Yn edrych arno yr oedd y Ditectuf Sarjant Prysula Lock-Jenkins (Pyrsi, petai o ddim wedi ei wisgo heno mewn ffrog) – alcoholic; gambler; methdalwr; wedi colli adnabod ar ei blant ers ei bumed ysgariad; ei fraich chwith yn ddiffrwyth ar ôl iddo gael ei arteithio flynyddoedd yn ôl gan Bil 'Bangor Uchaf' Crane; aelod o'r Eglwys Uniongred. Yr oedd y secs meiniac hwn o dditectuf yn sipian Wyrddyrs Original.

"Reit-o," meddai, wrth gymryd cwpan fechan ddu o un boced, a dis o boced arall, rhoi'r dis yn y gwpan, gorchuddio ceg y gwpan â chledr ei law, cyn dechrau ysgwyd y gwpan. "Fel hyn mae datrys pob llofruddiaeth."

Ysgwydodd ac ysgwydodd ac ysgwydodd ac yna ryddhau y dis o'r gwpan yn fownsiadau bychain hyd y bwrdd.

"Pump!" meddai, "Damia!"

Nid oedd erioed yn ei fywyd wedi medru cael chwech.

Heno tybed? meddyliodd wrth roi'r dis yn ôl yn y gwpan. Ond yr oedd anobaith ar hyd ei wyneb, a'r corff o'i flaen mor farw â marwolaeth ei hun.

"Dyma'r nofel orau i mi ei darllen erioed ers 'Y Nofel Orau i Mi ei Darllen Erioed' yr wythnos diwethaf."

– Adolygiad Trydar gan Adolygydd.

●

Y Ddynes Llnau

Prysurodd Hafwen hyd y tŷ i gyd i gadw'r peth yma a'r peth arall; twtio rywfaint; taro clustog i gael gwared o'r pant ynddo; oherwydd fod y ddynes llnau ar fin cyrraedd. Yr oedd hi eisioes yn gynharach wedi taro'r hwfyr yn sydyn dros garped y dderbynfa.

Canodd y ffôn. Wrth ateb, gwyrodd ar un droed i'r ochr fel y medrai weld drwy'r ffenestr yn slei bach, a meddai: "Gwranda, Bet, ga' i dy ffonio di'n ôl, mi fydd y ddynas llnau yma unrhyw funud?"

Wrth iddi roi'r ffôn yn ôl yn ei grud, clywodd glep drws car. Yr oedd y ddynas llnau wedi cyrraedd. A theimlodd ryw dro yn ei stumog.

●

Fflasg o De

Wedi dychwelyd at y car ar ôl y mynd am dro Suliol ar hyd y prom, byddai'n rhoi'r brêcs ymlaen ar y gadair olwyn, agor y drws cefn, hithau'n codi ei breichiau i'w gyfeiriad hefo 'diolch i ti', fynta wedyn yn rhoi ei freichiau ei hun o dan ei cheseiliau a'i chodi, ei llusgo – roedd o'n casáu'r gair – rywfaint a'i throi a'i gollwng i sedd gefn y car, codi ei dwy goes a'u gwthio – roedd yn casáu'r gair – i mewn i'r car, 'diolch i ti' drachefn oddi wrthi, cau'r drws, plygu'r gadair olwyn, a'i dodi yn y gist. (Ond yr oedd y nosweithiau Mercher, pob nos Fercher, a Mair, a'r euogrwydd, a'r Pam na allai o fod yn gryfach?) Yr arferiad rŵan oedd y fflasg o de. Y ddau ohonynt yn y sêt gefn fel yn yr hen ddyddiau yn Ford benthyg ei dad.

●

Stôr

Cyfrinach Dilwen Morgan oedd ei stôr – bron ddihysbydd, erbyn hyn; wedi'r cyfan yr oedd wedi bod yn ei gasglu'n ddirgel ers blynyddoedd – o dalcym powdyr, neu Talc fel y galwai hi ef. Yn y wardrob a addaswyd ar eu cyfer yn y llofft sbâr mewn bocsys dilychwin, ffiolau plastig a thun. Un wedi dod o Buenos Aires. Gofalai na fyddai'n prynu'n lleol.

●

Darllen y *Guardian*

Yr oedd y dair yn grediniol iddynt weld Alwyn Rhydderch yn gyrru ei gar ar hyd y lôn lan môr i osgoi'r traffig boreuol, ond i gyfeiriad ei gartref y bore hwnnw am ddeng munud wedi wyth. Yn ôl y patholegydd bu farw Olwen Rhydderch rywbryd rhwng wyth a naw y bore. Y dair oedd Mair Evans, Ilyd Harris a Sioned Morgan. Yr oedd Ilyd Harris allan ym mhob tywydd hefo'r babis – y ddau pomeranian, Lora Ffennig a Gwen Tomos. Gwyddai'r dair am iselder cynyddol eu ffrind, Olwen, a oedd yn wraig hynod o driw. Modd bynnag, heb sychu ei cheg, mynnodd Eirian Roberts, ysgrifenyddes Alwyn, iddo gyrraedd y swyddfa am ugain munud wedi wyth. Ar waelod y grisiau y cafwyd hyd i gorff Olwen. Cymhlethwyd pethau rywfaint gan haeriad Edwin Morgan siop bapur, mai am ugain munud wedi wyth y daeth Alwyn i nôl ei bapur. A na, nid oedd Alwyn fyth yn darllen y *Guardian*. Os gwyddai neb unrhyw beth amdano, fe wyddent nad dyna ei liw gwleidyddol. Fel y dywedodd Mair Evans unwaith, "Hen Dori diawl ydy o." Yr oedd marwolaeth Olwen yn gydnaws â chwymp. Hynny yn y diwedd a dderbyniwyd. Penderfynodd Alwyn ar ôl amser cyfaddas y byddai'n symud tŷ. Priodas fechan oedd ei ail briodas.

●

Hanner Esgus

Heddiw, y diwrnod ar ôl y Nadolig, yr oedd ei merch, Lili a'i gŵr Ted, a'r plant Connie Spud ac Abbie April i fod i gyrraedd, ond oherwydd rhywbeth i wneud hefo tad Ted, dyn na chynhesodd ato erioed er nas gwelodd ers dydd y briodas (a'r hyn edliwiodd o iddi yn y neithior, yr hen fochyn anghynnes), a hithau yn cymryd arni nad oedd wedi ei siomi, gan ymresymu ar yr un pryd, fel yr oedd bellach wedi cael ei dysgu i'w wneud gan y fflyd o gynghorwyr, be' ydy diwrnod i wneud ffŷs ynglŷn ag o? – a nhwtha rŵan yn dŵad fory yn lle heddiw, setlodd Medi am ddiwrnod o ddarllen.

Mae'n debyg oherwydd iddi weld y mynyddoedd – mae un peth yn arwain at rywbeth arall, gwyddai bellach, oblegid yr oedd wedi dysgu hynny hefyd y flwyddyn hon dan gyfarwyddyd y fflyd o gynghorwyr – penderfynodd ail-ymweld ag ysgrifau T.H. Parry-Williams. Tynnodd *Casgliad o Ysgrifau* o'i le ar y silff, ac yno roedd hi yn rhythu arni yn y cefn: yr hanner potel, llai na hanner llawn, o fodca. Ni chynhyrfodd ddim. Yr oedd y fflyd o gynghorwyr wedi dweud wrthi am anadlu'n ddwfn a rheolaidd. Byddai pethau fel hyn yn digwydd o bryd i bryd. Wedi'r cyfan, ni allai fod wedi cofio ymhle yr oedd pob un o'i chuddfeydd o'r gorffennol.

Tywalltodd y gwirod i lawr y sinc. Rhoddodd y botel yn y bin sbwriel. Gofalodd ei gwthio i'r canol a rhoi petheuach eraill ar ei phen. Yr oedd ei llaw a'i llawes yn seimllyd. Ond dim byd na allai dŵr glân o'r tap eu glanhau. Eisteddodd hithau i lawr wedyn ar y soffa, ei choesau o dan ei phen-ôl, a 'Grisial', darllenodd.

Gan wthio ei hun ar hyd y geiriau, a phan gyrhaeddodd: 'Yr oeddwn wedi anghofio popeth am y grisial gynt', penderfynodd na allai adael i'r botel, gwag neu beidio, aros yn y tŷ. Nid oedd Lili yn ddiniwed. Yr oedd Abbie April wedi holi o'r blaen: 'What's this, Nain?' Felly, saim neu beidio, plymiodd ei llaw yn ôl i ganol y sbwriel, adfer y botel, a'i lapio mewn cariyr bag, rhoi ei chôt amdani, ac allan â hi. Yr oedd bin sbwriel cyhoeddus wrth ymyl y garej a oedd heddiw wrth reswm ar gau. Diolch i'r drefn.

Yn ôl ar y soffa, gwthiodd ei hun drwy 'Gollyngdod'.

Mae'n rhaid ei bod wedi syrthio i gysgu, oherwydd fe'i deffrowyd gan ganiad y ffôn.

"Fe'ch gwelwyd!" meddai llais Lili o bellafion Mantjestyr. "Sut fedrach chi, Mam? Sut fedrach chi? Dwi jysd â drysu. Dwi'n torri nghalon yn fama. Wedi'r holl ymdrech. Yr holl bres. Ted oedd yn iawn."

"Dwi mor sobor â sant," ebe Medi.

"Plis, Mam, pidiwch â mynd yn ôl i fyd yr ystrydebau. Fel o'r blaen. Mond hanner esgus oedd raid i chi 'i gael erioed. Fe'ch gwelwyd. Mi fasach o leia' wedi medru dewis bin sbwriel gwahanol i'r hen drop off point."

"Beth bynnag mae Goronwy Price yn ei ddeud welodd o o'i fynglo gweddw wrth y garej, a wedyn dy ffonio di drwy drefniant, mwn, ar 'y ngwir, ar 'n llw, Lili."

"Pidiwch â dechra, Mam."

Diffoddwyd y ffôn.

'Arcus Senilis', meddai Medi ar ôl codi'r llyfr, ac wedyn ei hyrddio i'r llawr.

"Fe'ch gwelwyd!" meddai. "Dwi'n gwbod dy fod ti'n Q.C., mach i, ond 'Fe'ch gwelwyd!' Ffyc mi."

●

Dychwelyd

Pan ddaeth Elfed yn ei ôl o'r lle chwech at ei fwrdd a'i swper yr oedd rhywun wedi gwthio tjipsan i'r melynwy. Edrychodd o'i gwmpas ar y byrddau llawnion, swnllyd eraill.

●

Pêl Golff

Edrychodd Docdor Ellis ar enwau'r cleifion ar gyfer syrjyri bore heddiw. Gwelodd enwau Thomas Taylor a Myfanwy Higgins. Ffyddlondeb heipocondriacs hyd y syrjyri olaf, meddai wrtho'i hun. Pan ddeuai hanner dydd a'r claf olaf wedi mynd fe euai yn ei gar i'r clwb golff. Roedd wedi addo rownd iddo'i hun. Gwyddai hefyd, er nad oedd i fod i wybod, y byddai'r lleill yno'n aros amdano i ddathlu'r ymddeoliad, a'r cwbl y byddai'n rhaid iddo ef ei wneud fyddai cymryd arno nad oedd yn gwybod dim.

Beth, tybed, a ddigwyddai i Marged Evans, Ty'n Gwrych ar ôl heddiw? Yr oedd wedi bod yn gydymaith iddo ar hyd ei gyfnod fel meddyg teulu.

Marged Evans, a ddywedodd wrtho ac yntau ar ddechrau ei yrfa: "Dan ni'r un oed, docdor."

Hynny a welodd ar ei harch. 29 mlwydd oed. Ac yntau'n teimlo yn y capel mai docdor ydoedd na wyddai ddim. Trwy lygaid Marged Evans yr oedd o fyth wedyn wedi edrych ar ei gleifion. Hyd yn oed yr heipocondriacs.

A fyddai ei gafael arno rŵan yn gwanhau, yn llacio'n llwyr, a mynd yn llai a llai fel pêl golff yn dringo i'r entrychion, cyn cwympo a diflannu'n gyfan gwbl i ryw frwgaets?

●

Cymundeb

"Ydan ni'n *all set*?" holodd Miss Parry y Miss Parry arall ar y ffôn y diwrnod cynt.

Miss Parry Maths a Miss Parry Piano; fel yna y'u labelwyd i'w gwahaniaethu. Un ohonynt bellach wedi symud – "Be' haru ti dŵad isho mynd yn ôl i fanno?" – i Sir Fôn. A'r llall wedi aros – "Fe fydda nhw'n 'y ngharío fi o fama." – yn ei hunman cynhenid.

Felly, y diwrnod wedyn, yr '*all set*' wedi ei gadarnhau y diwrnod cynt, parciodd Miss Parry Maths ei Nissan glas ar ymyl y lôn. Yr oedd hi wedi cyrraedd hanner awr o flaen pryd dim ond er mwyn medru dweud eto eleni: "Ti'n hwyr fel arfar."

A rŵan, dyma lle mae'r ddwy, Miss Parry Piano wedi medru achub y blaen drwy ddweud ar ei hunion wrth ddod allan o'r car Nissan ("Be' wyt ti isho nghopïo fi?") piws ("Ych! Lliw rhiwin sydd ddim yn gwisgo brashyr, mi dduda i o yn dy wynab di") drwy ddweud ar ei hunion wrth ddod allan o'r car, "Wn i mod i'n hwyr fel arfar," rhoi sws dwyfoch i'w gilydd; a rŵan dyma lle mae'r ddwy eleni eto, Awst yr ail, tu mewn i'r murddun, nepell o ymyl y lôn, mewn cae, ar ddwy gadair, bwrdd bychan rhyngddynt – "Gwaith helcyd, ond waeth ni befo" – a'r hampyr ar agor wrth draed Miss Parry Maths.

"Amheuthun, Lena," meddai – a dyna fu'r gair blynyddol erioed, amheuthun – Miss Parry Piano.

"Cafiar, Eluned Jên. Hampyr Harrods."

Aderyn y to yn bowld i gyd ar lintel ffenasd-nad-oedd-yn-bod yn troi ei ben o ochr i ochr i sbio arnynt.

"Leni eto," meddai'r ddwy ar yr un pryd.

Un Miss Parry yn codi caead y tebot i adael i'r llall arllwys y dŵr bron berwedig o'r fflasg i mewn i'r tebot ac ar ben y dail Darjeeling oedd yno'n barod.

"Mi adawn i'r te fwydo."

Tua'r adeg yma y digwyddai bob tro. Efallai y byddai sŵn siffrwd blawd drwy ogor i bowlen yn ymgais weddol i'w ddisgrifio ... Beth yw'r peth hwnnw yn yr agen rhwng distawrwydd a llonyddwch? ... Rhywbeth a oedd rywsut yn drech na phopeth ... Rhywbeth y mae bod a darfod fel ei gilydd yn gadael llonydd iddo.

Gan wybod fod beth bynnag ydoedd wedi dod a mynd eto eleni, "Wyt ti am i mi dwalld?" holwyd.

●

O! Deuwch Ffyddloniaid

Eisteddai Edwin a Rhian ar un soffa, yn parhau i ddal dwylo ers iddynt gyrraedd.

Ar y soffa arall o boptu i'w gilydd, ei law o yn llac dros yr ymyl, hi'n rhyw orweddian ar hytraws, yr oedd Gari a Medeni-Ann.

Edrychai Rhian i'r gornel bellaf. Ceisiodd Gari beidio edrych ar goesau Rhian. Gwyddai Medeni-Ann ei bod wedi gweld Edwin yn rhywle o'r blaen. Edrychodd Edwin ar Gari. Nid oedd Rhian yn meddwl fod y tŷ yn rhyw lân iawn. Wrth geisio peidio edrych ar goesau Rhian yr oedd Gari rŵan yn edrych ar ei bronnau ond nad oedd yn sylweddoli hynny. Nid llaw hwn oedd ar 'i thin hi pan gwelis i hi o' blaen, gwyddai Edwin. Croesodd Rhian ei choesau'n araf oherwydd os gweld, gweld yn iawn. Edrychodd Gari ar Edwin. Sôn am y Nadolig yr oedd pawb drwy gydol hyn i gyd. Nid oedd Gari erioed yn ei fywyd wedi medru tynnu cracyr i gael y darn mawr efo'r anrheg a'r jôc a'r cap. Y three-bird o Lidl. Na, fyth Waitrose. Shortbread Marks. Siôn Corn ta Santa Clos? Coedan Dolig go iawn ta un artiffishal? Barman ar un adag yn y Dexter and Dixie, meddai Edwin. O! meddai Medeni-Ann. Dyna chi le y mae Medeni-Ann wedi bod isho mynd iddo fo 'rioed, meddai Gari yn estyn ei law i'w chyfeiriad. Sochs mewn sach. Cranbyri. Pimms. Cocoa dusted truffles o Harvey Nichols. Ferrero Rocher. Brazils. Stilton. Covent Garden. Malt. Cava. Bugail unwaith. Dda gin i weld o drosodd. Cobweb, meddai Rhian yn ddifeddwl ac yn uchel.

●

Sipian Finegr

Eistedd ar y toilet a'r drws ar agor yr oedd Elan Jay – mi fedrwch wneud hynny mewn tŷ gwag – pan glywodd drwy'r radio o'r ystafell arall lle roedd hi drwy'r bore wedi bod yn rhyw botsian hefo gwaith gwnïo fod Ceidiog Higgins wedi marw. Taclusodd ei hun, ac wrth godi ei blwmar gwyddai'n iawn drwy ryw reddf mai wedi lladd ei hun yr oedd o. Ni allai gelu ei boddhad: medrir gwneud hynny mewn tŷ gwag hefyd.

Pan lithrodd y bwldosyr a'i thad yn ei lwybr ni chafodd ei mam ffadan beni o iawndal oddi wrth Higgins Holdings Ltd.

Mi roedd y ddeddf, y papurau newydd, y seiri rhyddion, y ffwcin Cwin am a wyddai, yn hollol unfrydol, gytûn nad oedd bai ar Ceidiog Higgins; hyd yn oed y bwtjar a haerodd wrth ei mam: "Damwain, Mrs Jay bach, mae gin i ofn. Dwy tjopan oeddach chi isho?"

Un prentis o newyddiadurwr ifanc a ddangosodd ddiddordeb mewn codi crachen yr anghyfiawnder, ond ar ôl dau ymweliad i geisio 'mynd at y ffeithiau', deallodd Elan yn y portj wrth ffarwelio ag o am yr eildro mai gwir ddiddordeb y cyw hac oedd codi ei sgert a mynd at bethau meddalach na ffeithiau.

Bu ei mam yn y car ar y prom am ddiwrnod a noson a hanner diwrnod arall cyn i'r dyn a'i gi sylweddoli, yn ei eiriau ef yn y cwest, 'nad oedd y ddynas druan yma yn edrach ar y môr.' Yr oedd hi wedi perswadio Elan i fynd hefo'i ffrind Cara Meri i Gaer dros nos. Nid oedd Elan wedi bod yng Nghaer fyth wedyn. Dweud y gwir nid oedd wedi bod yn unman fawr fyth wedyn. Ni wyddai ychwaith ynghynt y medrid talu am gnebrwng ar y nefyr-nefyr. Teimlai ei bywyd fel petai hi'n sipian finegr yn barhaol.

•

Wedi i bob dim setlo ar ôl marwolaeth Ceidiog Higgins, rhyddhau'r corff wedi'r cwest – er na allai Elan amgyffred beth allai 'rhyddhau corff' a drawyd ac a lusgwyd gan drên ei olygu

– yr angladd strictly private, 'run ffri meisyn o fewn ogla rhech yn ôl y sôn; y papurau'n edliw, ond yr ochr ddiogel i enllib, carchar hir dymor petai y Ceidiog maluriedig wedi mynd o flaen ei well, y gwell a oedd ar un cyfnod yn ffrindiau pennaf iddo, ac yn dystion, mae'n debyg, i'r amlenni brown, trwchus, cuddiedig; ac i'r bwtjar yn y diwedd grisialu pob dim gyda'r ymadrodd teilwng o fwtjar, 'nefyr jyj a sosej bai uts sgin', wedi i bob dim setlo yr oedd ar ôl ddwy: Mary Higgins, y wraig a Constance Elizabeth, y ferch a oedd yr un oed ag Elan. Bu Constance a hithau am gyfnod yn yr ysgol fach hefo'i gilydd, ond oherwydd fod Constance Elizabeth, yn iaith y dydd, yn 'slô' nid oedd dewis ond ei gyrru i ysgol breswyl. Felly wedi gwerthu Plas Afon canfu y ddwy eu hunain yn 2, Britannia Terrace. Tŷ rhent.

Neu o leiaf dyna a ddywedwyd, eu bod rŵan wedi 'gorfod mynd i dŷ rhent'. 'Y ffernols,' ychwanegwyd. A lapio'r cwbl yn: 'Fydd hi fawr o Ddolig arnyn nhw'.

Ni wyddai Elan os oedd Constance Elizabeth a'i mam wedi cyrraedd tlodi. Rywsut câi Elan hynny'n anodd i'w gredu, y gwymp honedig hon o gyfoeth llachar i gwter y nesaf peth i ddim, ond sylweddolodd mai dyna oedd dymuniad pobl, ac mai o'r un lle y tu mewn iddynt y deuai dihidrwydd 'damwain ydy damwain' ynglŷn â marwolaeth ei thad a'r gorfoleddu rŵan yn amgylchiadau Constance Elizabeth a'i mam, a'u galw'n 'ffernols'.

Beth bynnag oedd cymhelliad Elan Jay, ac nid oedd yn bur – mae dialedd yn bosibl drwy fod yn ffeind, a thalu'r pwyth yn debyg i frodwaith trugaredd – gosododd y bocs o nwyddau Nadolig, ac yr oedd wedi eu dewis a'u dethol fel petai caredigrwydd yn ei gyrru, ar stepan drws 2, Britannia Terrace yn y cyfnos, canu'r gloch ddwywaith, a cherdded i ffwrdd.

Arhosodd yn y cysgodion.

Clywodd ddrws yn agor a chau. A digon o egwyl rhwng yr agor a'r cau i godi bocs.

●

Yr Ochr Yma

Poeth y bo, sut y medrai pump ei orthrymu fel hyn? Mr a Mrs Roberts a wenai arno pan ddeuai i mewn i'r capel o'r festri; Elsbeth wrth yr organ; Rhian Thomas yn y sêt fawr; Laura annwyl yn ei lle arferol. Ond nid y pump yma a'i gorthrymai, gwyddai. Ond y seddi gweigion nad oeddynt yn ei grebwyll fyth yn wag. Ynddynt eisteddai rhithiau ei fywyd: Duw, yr athrawiaethau, ysgrythurau ac esboniadau, y gwahaniaethau pendant rhwng da a drwg, sant a satyr. Tynhaodd ei afael ar ddolen y drws na allai, gwyddai, fyth ei agor eto, ei anadl yn troi'n wlybaniaeth ar farnais y pren. Yr oedd erbyn hyn yr ochr yma. Clywodd yr intrada ar yr organ. Llygaid Elsbeth, fe wyddai, ar gau.

●

Cariad fel y Moroedd

Cyn belled ag y medrai weld y môr beth cyntaf wedi iddi agor y llenni, ni faliai Annwen Maud wedyn beth a daflai'r diwrnod i'w llwybr. Yn llyfn, yn llonydd, yn ysgyrnygu tonnau ei ddannedd, yn gyhyrau drosto, ni feindiodd erioed pa un o'i gyflyrau y dewisai'r môr ei ddangos iddi ond iddi gael ei weld.

Y bore hwn agorodd y llenni eto. Heddiw nid oedd dim o'i blaen ond y môr. Neithiwr pan aeth i'w gwely, yr oedd tai ac ystadau, gerddi, dwy stryd, rhyngddi hi a'r môr. Yn nhrymder y nos digwyddodd rhywbeth mae'n amlwg. Nofiodd gwylan at ffenestr ei llofft ac edrych arni. Gwelodd ddresal ar wastad ei chefn yn mynd heibio ar don. Sylweddolodd mai dyma yr oedd hi wedi ei ddymuno erioed. Gwyddai mai ei thŷ hi oedd yr unig dŷ ar ôl. Ac nad damwain oedd hynny. Yr oedd ei ffyddlondeb hi i'r môr wedi cael ei gydnabod gan y môr ei hun. Gwelodd gwch a dau ddyn ynddi yn dynesu. Cododd un y corn llais a chlywodd: "Annwen Maud, 'dan ni 'di dŵad i'ch achub chi. Gorwch y ffenasd llofft." Achub o be'? meddyliodd a hithau eisioes yng nghanol ei gwaredigaeth. Aeth i ben y landin, a gwelodd y môr heini yn dringo'r grisiau. Cerddodd i lawr i'w gyfarfod. Ac fel petai hithau bellach o'r un defnydd ag o llifodd i'r gegin ymhle yr oedd ef eisioes wedi arlwyo'i brecwast ger ei bron. Drachtiodd yn hir a'i digoni.

●

Rhifyddeg Cariad

– Dach chi'n creidyl snatjyr, Nain.

Edrychodd ei fam yn hyll arno, a meddai:

– Dexter Alun, be' ddudas i wrtha ti allan yn fanna ar y pafin? Rŵan, dos allan i'r iard gefn.

– I neud be'?

– Ffendia rwbath i neud. Ma 'na ddigonadd o betha i neud mewn iard gefn.

Wedi iddo fynd, meddai Grês Ruth wrth ei merch:

– Fel'na mae'i dalld hi, ia?

– Wel gan nad ydy'r lleill am 'ch conffryntio chi mi wna i.

– Fel ti wedi wneud erioed, Modlen. A wedi dewis y short stro'n fwriadol yn ôl dy arfar.

– Thirti wan ydy o, Mam.

– Diawl, 'dy o rhy hen i mi dŵad?

– Ha, ha. Da chi'n sicsti thri, Mam.

– Arithmetic oedd dy gryfdar di erioed.

– Chi'n gweld. Dach chi newydd ddangos 'ch oed rŵan. Sna neb yn deud arithmetic bellach. 'Dy o'n 'ch bangio chi, Mam?

– Sdi be'? dwi'm yn meddwl i mi gal 'y mangio ers Higher Grade. Ffwc droeon, cofia. Meindia dy fusnas.

– Dach chi'n embarasment. Ma pobol yn sbio arna chi, Mam.

– Wel dyna ti fwy na nutho nhw cynt. Dwi 'di rhoid gora i ymddiheuro ac edifarhau fel ei gilydd.

– Ar ôl 'chi golli'ch job llynadd dach chi'm 'run fath. Ma' pawb yn deud.

– Comyn grownd at long lasd. Dwi'n cytuno hefo chdi a'r pawb 'ma. Ti'n gwbod be ydy ystyr colli dy job? Rhywun yn meddwl fod ganddyn nhw'r hawl i ddeud wrtha ti nad wt ti ddim gwerth.

– Ydy'r boi ma'n ffrîc?

– Ma raid fod. Ma unrhyw un sy'n gweld gwerth mewn dynas dros fforti bownd o fod yn ffrîc.

– Ond neith o'm para, Mam. A mi gewch 'ch brifo. Mi ddangosodd Russ lun ar 'i ffôn i mi a MILF o dano fo.

– Dwi'm isho iddo fo bara. Rhwbath i riwin sy'm di gweld fawr o ddim ydy para am byth. Riwin yn i hyrli twentis yli. A siawns nag ydy rhiwin sydd wedi cyrradd sicsti thri wedi dygymod hefo cal 'i brifo, neu lle mae hi 'di bod?

– Dwn im be' arall i ddeud.

– Wel dim te. Be sy 'na i ddeud?

– Rêl tŷ ni. Deud dim. Pan oeddach chi a Dad … Odda chi'n gwbod pa mor anodd oedd i mi ddeud'n enw ers talwm? Nag oeddach, mwn. Ddudis i ddim. O'r holl enwa oedd ar gal i chi, pam ddaru chi ddewis Modlen?

– Sa well gin ti fod wedi bod yn un o'r cannoedd Siâns?

– Swn i ddim wedi gorfod sefyll allan wedyn.

– Mae isho ti bob amsar sefyll allan.

– Nid chi ydw i, Mam. Dwi'n wahanol.

– Gwranda ar be' ti newydd 'i ddeud.

– Gwranda ar be' ti newydd 'i ddeud, clywyd llais Dexter Alun o'r ochr arall i'r soffa.

●

Mabinogi

Ar lasiad y dydd deffrodd Doris Tryfan yn gwybod mai gwylan benddu oedd hi. Ers ychydig ddiwrnodiau yr oedd arwyddion o'r trawsffurfiad wedi amlygu eu hunain. Methodd bnawn ddoe, er enghraifft, godi'r teciall i'w lenwi â dŵr oherwydd fod ei braich yn raddol ymrithio'n aden. Yn gynyddol ers wythnos aethai hyd y tŷ yn gollwng o'i gwddw yn naturiol ddigon yr hen sŵn A!A!A! 'na sy'n nodweddiadol o wylanod. Ond gan ei bod yn dod o deulu a oedd yn gwadu pob dim, ni thalodd hithau unrhyw sylw i'r pethau hyn. Ond y bore hwn yr oedd y gweddnewidiad yn gyflawn. I'w brecwast rhwygodd ar agor y bin sbwriel a sglaffiodd – pam na fyddai pawb yn meddu ar big a'i hwylustod rhyfeddol? – weddillion swper neithiwr. Yr oedd llawr y gegin yn werth ei weld o lanasd perffaith, fel y bu bron iddi hi hyd yn oed ddweud: 'Blincin gwylanod'. Yr oedd angen y tŷ bach arni ar ôl y cyri oer, y reis cnotiog, a'r bara naan soeglyd, felly yn ei hymgnawdoliad newydd hedfanodd drwy'r drws ffrynt, ond er ceisio – oherwydd ei gwynegon, mae'n ddiau – ni allodd gyrraedd top ei char, a rhaid oedd iddi fodloni smonachu ar y bonet, ond medrodd er mawr foddhad iddi focha ar y winsgrin. Yn edrych arni o'i ardd, ac yn mynd am ei bapur, mae'n debyg, yr oedd ei chymydog Peris Gwyrfai. O'i edrychiad arni ni allai Doris Tryfan – a oedd ystyr i'w henw bellach? – ddweud yn iawn os oedd Peris Gwyrfai wedi amgyffred ei thrawsffurfiad. A! A! A! rhyddhaodd o ddyfnder ei gwddw i'w gyfeiriad fel y medrai wybod. Gwenodd yntau arni'n deall yn iawn, oherwydd erbyn hyn bilidowcar ydoedd ef. Wedi peth straffîg – cofier iddo ddathlu ei ben-blwydd yn 82 lai na mis yn ôl – medrodd fynd i ben y wal fach frics, sefyll yno, ac agor ei adenydd, gan wybod y byddai'n aros felly am oriau lawer.

I lawr y lôn daeth dwy ddynes. Edrychasant yn hiraethus ar yr wylan benddu a'r bilidowcar, efallai yn cofio mai ar doriad y dydd cnocell y coed oedd y naill , a phioden oedd y llall, ac iddynt ymrithio'n wragedd, cricmala ar Nant Bowen, dyna ei henw erbyn hyn, a rhiwmatig ar Nerys Sylvester, ei henw newydd hithau. Ond wrth fynd heibio sylweddolasant nad oedd yr un o'r ddwy'n hoffi adar.

●

Aros

Yr oedd teimladau Morgana Huws – dyna oedd ei dewis enw ar ei gyfer – oherwydd ei fod eisioes yn hwyr – tri ar y dot y cytunwyd, nid naw munud wedi fel rŵan – yn y lle cymhleth hwnnw rhwng difaru'n llwyr a chyffro mawr. Nid oedd ei neges i JonTudno23 a gyflwynodd ei hun fel: 'Figan; agnostic; nofelau T. Rowland Hughes; Jack Daniels; Corsica; chwaraeon dŵr; angen Cymraes ddiwylliedig...a heini' ar wefan Gwdi-Hw(yl), 'ar gyfer y rhai sydd ar drothwy eu cyfnos cyffrous' – na'i ateb ef yn ôl yn 'llawenhau dy fod wedi cysylltu', ac yn awgrymu dyddiad, lle ac amser i gyfarfod – wedi teimlo'n wir o gwbl tan rŵan, a hithau yma yn Nysien, ei chylla'n dechrau gwneud sŵn – fe fyddai o bownd o glywed – oherwydd iddi'n ynfyd ddewis peidio cymryd cinio rhag iddi fynd yn dew. Dechreuodd feddwl ei bod yn sefyll allan fel dwy 'n' yn penderfynu, ar ei phen ei hun wrth y bwrdd yma i ddau, pan drodd rownd i edrych a'i weld yn gyntaf yn dyfod i mewn, wedyn wedi'r eiliad llawn ysictod honno o egwyl, y dyfod graddol i wybod yn ei hymennydd ... yna ei adnabod yn iawn. Ac yntau hithau.

●

'Anturiaethau Bonnett Davies'

Llafur cariad ar sawl ystyr yw'r ffilm nodedig hon, wedi ei seilio
– a yw'n ffeithiol gywir sy'n fater arall – ar fywyd y teiliwr a'r
gwerthwr cyffuriau, Bonnett Davies, y sgript a'r cyfarwyddo gan
ei or-wyres Llynedd Dafis.

Cwestiwn: a oeddech chi wedi clywed am Bonnett Davies cyn
y ffilm hon? Go brin, mae'n debyg. Nid oeddwn i. Efallai fod
shot agoriadol y ffilm i raddau yn cynnig 'esboniad' ar hynny.
Ynddi gwelir y pregethwr enwog Dr John yn y festri cyn un o'i
gyrddau 'mawr' yn sychu ei drwyn â llawes ei siaced. Neu dyna
a feddyliwn ddiniweitiaid fel ag yr ydym wrth weld yr olygfa
annymunol hon: onid oedd gan y dyn 'mawr' hwn hances boced
ar gyfer cynnwys llysnafeddog ei drwyn, holwn ein hunain? Ond
wrth gwrs, un o siwtiau y teiliwr Bonnett Davies y mae'r Dr
John yn ei wisgo, a'r hyn a wnâi'r teiliwr medrus oedd creu trwy
bwythau cynnil rigol yn y lawes y medrid rhoi llinell o cocên
ynddi, cocên wrth gwrs a werthid gan Bonnett Davies ei hun.
Felly nid glanhau ei drwyn y mae'r enwog Dr John ond cymryd
i'w drwyn lein drwchus o'r powdwr gwyn perlesmeiriol. Hyn
oedd cyfrinach ei bregethau a'r diwygiadau a oedd yn deillio
ohonynt. Nid yw'n rhyfedd felly nad oes neb wedi clywed am
Bonnett Davies, oherwydd nid oedd y dosbarth canol Cymraeg
am i neb wybod amdano. Mr Neb oedd ei ffugenw. Felly pan
ddywedai gweinidog, bardd, ffarmwr, academydd, gwleidydd,
golygydd, ymgynghorydd iaith, beirniad llenyddol, nad oeddynt
wedi gweld Neb y diwrnod hwnnw, gwyddai'r rhai a wyddai'n
wahanol beth yn union a olygent. Yn wir, y mae llun enwog o
orsedd y beirdd, pob derwydd cyn iddo ymwisgo yn ei ŵn gwyn,
glas neu wyrdd a'i drwyn yn erbyn llawes siwt o deilwrdy
Bonnett Davies; llun a droir yn olygfa wefreiddiol yn y ffilm lle
clywir y sŵn sugno hwferaidd i'r trwynau ymhell cyn gweld neb
nes gwneud i'r gwyliwr annisgwyl feddwl fod rhyw storm ar fin
cyrraedd. Mewn golygfa arall – a rhaid gofyn a yw hyn wedi ei

seilio ar ffaith, ac os ydyw pwy neu beth yw'r ffynhonnell? –
gwelir tri Penyberth cyn y weithred eiconig mewn siwtiau o
waith llaw Bonnett Davies. Ac ie, llawes S.L. wrth ei drwyn.

A wyf wedi dweud digon i danio eich awydd i weld y ffilm
ysgytwol hon?

Camodd Netflix i'r adwy gydag is-deitlo penigamp.

Rhyfeddol yw perfformiad Iestyn ap Iago fel Bonnett.
Dwayne Murphy hefyd am ei rôl cameo o S.L. Fel tad balch,
rhaid i mi gael sôn am fy merch, Perl Llinor fel Dilys 'Pedr'
Hughes. Pwy yw Dilys 'Pedr' Hughes, holwch? Gwyliwch y ffilm
a byddwch yn barod i gael eich syfrdanu. Wyddwn innau ddim
'chwaith.

Ar Netflix o ddydd Gwener nesaf ymlaen.

●

~~Dileu~~

~~Elin~~
~~Yn unol â dy ddymuniad yr wyf wedi dileu pob tystiolaeth o'n bodolaeth hefo'n gilydd.~~
~~Dad.~~

●

Dau Cacen Wy

Yr hen beth Tebot 'na. Talbot oedd yn gywir. Ceridwen Mary Talbot. Hi ddeuai bob pnawn Gwener yn ddi-ffael am dri i siop Gwilym Cêcs.

"Mrs Talbot, m'dear," cyfarchai Gwilym hi.

(Gwyddai Gwladys May a oedd hefyd y tu ôl i'r cownter yn gweini'r bara a'r cacennau mai "Fo'n unig sy'n ca'l syrfio'r hen beth Tebot 'na. Dwi'di ca'l y worning.")

"Dau cacan wy," ebe Mrs Talbot heddiw.

Disgynnodd wyneb Gwilym, ond serch hynny gosododd y cacennau'n gymen ofalus yn yr hanner bocs di-gaead, a gyda medrusrwydd, ei ffitio i mewn i fag a rhowlio'r corneli'n bigau gwerth eu gweld. Talodd hithau. Ni allai Gwilym ond gobeithio pan ddeuai tri o'r gloch pnawn Gwener nesaf y dywedai Mrs Talbot "Dwy gacen wy". Wedyn llonnai byd Gwilym Cêcs.

Ac felly yn wir y bu yr wythnos ganlynol.

"Dwy gacen wy," ebe Mrs Talbot.

Cenedl yr enw a'r treigliad cywir oedd y peth. Rhyngddynt yr oedd Mrs Talbot a Gwilym Cêcs wedi taro ar y cynllun hwylus hwn. Yr oedd 'dwy gacen wy' yn golygu bod rhwydd hynt i Gwilym Cêcs ymweld â Mrs Talbot heno am hanner awr wedi saith oherwydd byddai ei gŵr eisioes wedi mynd i'r snwcer. Yr oedd 'dau cacan wy' yn golygu siomiant, ac y byddai 'fy Ephraim', fel y galwai hi ei chymar, yn estynedig ar ei gadair ac 'ar goll' yn y teledu ... ac yn y tŷ.

Felly heno, yn sbriws, yn afftyrsiefaidd bersawrus, cyrhaeddodd Gwilym Cêcs yn brydlon am hanner awr wedi saith, y drws ffrynt eisioes yn gil-agored ar ei gyfer, a da oedd hynny oherwydd ar gledrau ei ddwy law yr oedd ei offrwm rheolaidd o focs hael o gacennau.

"A be' sydd ganddo ni heno?" dywedai Mrs Talbot yn agor y bocs a oedd wedi ei osod gan Gwilym yn gysáct ar y bwrdd coffi. Bu'r ddefod hon yn ddigyfnewid y chwe mlynedd y bu'r ddau'n cyfarfod yn ddirgel fel hyn.

Gwelodd Mrs Talbot y cream horn, yr apple turnover, y custard slice a'r cream slice, y meringue bochdew, hufennog, y pineapple cascade, yr hundreds and thousands ar y rainbow sponge.

"O! ini-mini-maini-mo," meddai yn codi'r cream horn.

Gwelodd Gwilym y cream horn yn diflannu damaid wrth damaid i'w cheg, ei lupstic yn cochi rhywfaint ar yr hufen, ei thafod wedyn yn cyrlio ar hyd un ochr i'w cheg, wedyn ar hyd yr ochr arall.

O'i gwmpas yn edrych arno, ar y silff ben tân, ar y piano, ar y dresal, o'r cwpwrdd gwydr, yr oedd deg ar hugain – yr oedd wedi eu cyfrif drosodd a throsodd ar y nosweithiau Gwener hyn – o luniau o Ephraim Talbot. Un ohonynt – ond efallai mai'r golau'n taro ar y gwydr oedd i gyfrif am hyn – yn wincio'n barhaus ar Gwilym Cêcs.

Wedi iddynt sôn am y tywydd, pa mor sâl oedd y rhaglenni teledu, bryntni'r Toris, fel yr oedd y palmantau o'u cymharu â rhai'r gorffennol yn arddangos mwy nag a welwyd erioed o faw ci, a pha mor llai oedd bar o tjoclet wedi mynd bellach 'a'n bod ni gyd yn ca'l 'n gneud dan 'n trwyna', edrychai Mrs Talbot ar y cloc, a hynny'n arwydd pendant ei bod yn amser i Gwilym Cêcs hel ei bils.

Yn wastadol wrth iddo roi ei gôt amdano edrychai'n hiraethus ar y bocs bron gwag, heblaw am 'y gacen at fory', a'r olion hufen a jam hyd yr ymylon.

Wedi iddo fynd byddai Mrs Talbot yn rhoi wrn llwch ei gŵr yn ôl ar y dresel.

Anaml, os o gwbl, y byddai'n cadw'r un gacen a oedd ar ôl 'at yfory'.

●

Rhwyfo

Penderfynodd Megan Arthur rwyfo allan o'r cei yn ei chwch bach. Mae eisiau manteisio ar y tywydd. Ei nod fyddai'r ynys fechan rhwng y ddeudraeth. Fflasg o de a brechdan hefo hi. Tamaid o gacen, falla.

Wedi cyrraedd yr ynys, rhaff y gwch yn ei llaw, yn eistedd ar fymryn o graig, medrai Megan Arthur weld y dref yr oedd newydd ei gadael.

Gwelodd wedyn ei holl fywyd.

Gollyngodd ei gafael ar y rhaff, ac â blaen ei hesgid gwthiodd y gwch wag yn ôl i'r dŵr ac i'r cerrynt.

Lapiodd ei dwylo am y fflasg gan deimlo ei chynhesrwydd.

Yn Deulu Dedwydd

Tynnodd y gwn o'i dychymyg. Saethodd deirgwaith. Yn ei dychymyg yr oedd yn wraig weddw.

Cloiodd hi yn seilam y gegin. Gollyngodd y goriad i dragwyddoldeb ei boced.

"Dy banad i ti, 'mach i," meddai wrthi'n hyglyw.

"O! dyna ffeind. Diolch," ebe hi'n ôl.

●

Cawod

Yr oedd yr haul heno eto'n anferth wrth fachludo.

Heb ddim byd ond tywel amdani edrychodd Gwenfair arno.

Yr oedd yr haul mawr anghyffredin hwn yn brif bwnc ar y newyddion gynnau. Un arbenigydd ar ôl y llall yn trafod. Ni thalodd Gwenfair fawr o sylw.

Tynnodd y tywel oddi amdani. Gwelodd ei noethni ei hun yn mynd heibio'r drych.

Agorodd ddrws y gawod. Camodd i mewn i'r stêm a'r gwlybaniaeth cynnes, boddhaus. Caeodd y drws ar ei hôl.

Teimlodd ei hun yn mynd yn llai.

Sylweddolodd mai toddi oedd hi.

Ni fedrai agor y drws.

Y mae angen dwylo i agor drws.

●

Cardigan

Pa hawl oedd gan Peredur Price i ddweud wrth Rhona Medwen nad oedd y llythyr a ddaeth y bore 'ma yn "ddim byd ond hen syrciwlar gwirion yn cynnig hannar cant y cant oddi ar bris cardigans. Sbïwch." Ond codi ei llaw i ddiogelu ei golwg rhag gweld a wnaeth hi. "A finna wedi mynd i'r drafferth," meddai, "i sgwennu at y bobol post offis yn gofyn yn garedig iddyn nhw beidio rhoid dim byd trw'n letyrbocs i." "Gwrandwch," meddai Peredur, "mi'r a'i â fo o'ma hefo fi." "Newch chi, Peredur?" meddai hithau.

Ond yr oedd y drwg eisioes wedi ei wneud. Dechreuodd hefo'r cur pen. Ni fyddai Rhona Medwen fyth yn cael cur pen. Nid oedd arni awydd dim i ginio. Hanner banana a daeth rhyw bwys mwyaf dychrynllyd drosti. Gwywodd y blodau ar y papur wal. "O!" meddai, "be oedd ar ben Peredur yn agor yr amlen a'i ollwng o allan?" Yr oedd y carped yn gaglau o dyfiant a hithau ar ei phedwar yn ceisio mynd drwyddo i gyrraedd ei llofft. Ond nid oedd am fentro clogwyn y grisiau. Teimlodd o'r tu ôl iddi feddalwch yn tramwyo ei chefn a llawes yn llithro dros ei hysgwydd a llawes arall dros yr ysgwydd arall. Teimlodd y gwddw di-ben ar ei gwar. Y ddwy lawes bellach hyd-ddi ym mhobman. Ar ei bronnau diwair hyd yn oed. Ar ei chlyw yn ddi-baid yn sibrwd isel clywodd drosodd a throsodd: "Mohair ... Mohair ... Mohair ..."

●

Yndyrcot

"Ond, Miss Elias bach, yndyrcot ydy hwn," meddai'r peintar wrthi, a hithau – ar ôl camu i'r llofft gefn, gwynder y paent newydd wedi ei llonyddu'n llwyr, amgyffredodd, ar ôl hen fore digon bethma – wedi dweud wrth Andrew Anaglypta, oherwydd fel yna yr adwaenid ef gan bawb, i anghofio am y Shades of Peach, a pharhau i beintio hyd nes y byddai'r waliau'n wyn-wyn. Yr oedd hynny naw mlynedd yn ôl.

Y bore hwn, fel pob bore arall, eisteddai Jane Elias yn ei chadair, yr unig ddodrefnyn yr oedd hi wedi ei ganiatáu yn ôl i'r ystafell wen.

"Os dach chi'n deud," meddai Andrew Anaglypta wrthi pan ofynnodd iddo beintio'r llawr yn wyn-wyn hefyd.

Medrai fod yn yr ystafell am bum munud, ddeg, hanner awr ambell dro, awr dda'n aml.

Petai unrhyw un wedi cerdded i mewn i'r ystafell a gweld, byddent, mae'n debyg, wedi holi: 'Pam fod yr ystafell 'ma 'mond wedi hanner ei pheintio?'

Mae'n debyg y byddai Miss Elias yn dweud: 'Does 'na ddim gwenwyn yn y fan hyn.'

"Chi ŵyr ora'," ebe Andrew Anaglypta wrthi, "Ond be' newch chi hefo'r Shades of Peach?"

"Ewch a fo 'fo chi," meddai Jane Elias.

"Dach chi'n siŵr?" holodd ef.

"Yndw'n tad," ebe hithau.

●

Llefrith Sur

Am wn i mai Margaret Evans oedd y cyntaf, pan ddaeth i mewn i'r swyddfa bost fel cangarŵ. Duwadd! meddai'r post feistr wrthi, ond ni ddywedodd fwy na hynny. Na'r lleill yn y ciw tu ôl iddi ychwaith: codi aeliau ar ei gilydd, efallai, pwniad bach sydyn o benelin i benelin mae'n debyg, gwên annifyr oddi wrth ambell un. Rhoddodd Margaret Evans ei phensiwn yn y boced honno sy'n nodweddu pob cangarŵ. Diolch, Emwnt, meddai wrth y post feistr, a chydnabod y gweddill ar y ffordd allan, a hwythau hithau.

Yn ddiweddarach yn y dydd, dywedwyd fod Preis Morgan, y fferyllydd, y tu ôl i'w gownter fel aligator.

Ganol pnawn oedd hi, dwi'n meddwl, pan oedd Teresa Gwynne yn disgwyl y bws fel llewes a thri o'i chenawon bach gyda hi. Gorila oedd gyrrwr y bws. Yn y bws yr oedd jiráff, ei wddw a'i ben ar hyd topiau pum sedd.

Ddiwedd yr wythnos anifeiliaid yn unig oedd yn perchenogi'r dref fechan hon.

Bore Sadwrn daeth Heddwyn yn ei gert llefrith i hel ei bres. Heddwyn oedd Heddwyn. Edrychodd pawb arno gydag amheuaeth. Pa hawl oedd ganddo i ymagweddu fel hyn?

Y mae cert Heddwyn i'w gweld ar gornel Heol y Wiber – (Sandy Street, fel roedd) – ei lefrith yn suro.

●

Bytheiaid Uffern

Yr oedd palmantau'r dre'n gachu ci i gyd y bore hwnnw.
    Fel y dywedodd rhywun, "Toris yn chwilio am fôts ma raid."

●

Un Ffordd ar Ddeg o weld Eira

1.

Deffro oedd un gair posibl am yr hyn a ddigwyddodd i Magwen Wmffras, ond canfu ei hun o flaen y ffenestr ganol y nos yn edrych ar yr eira'n pluo, a'r tawelwch hwnnw sy'n nodweddiadol o eira'n disgyn yn hydreiddio popeth. Arhosodd yno'n edrych yn gwybod nad oedd dechrau na diwedd i ddim byd.

2.

Cododd Ednyfed i bi-pi. Yr eildro heno. Tybed heno fydd o'n medru curo record y pum gwaith neithiwr? Gwahanodd y cyrtans a gwelodd ei bod yn pluo eira. Gwelodd y car yn rifyrsio.

3.

Neidiodd i'w ddillad. "Be' sy'?" meddai hi'n codi i'w heistedd annelwig o'r trwmgwsg na ddylai fod wedi digwydd. "Mae hi'n ddau o' gloch bora," ebe ef. "O blydi hel," meddai hi. "Be' dduda i?" ebe ef. "Sws," meddai hi. "Sgin i'm amsar," ebe ef o ben y landin. Cododd hithau i sbecian drwy'r ffenestr. Gwelodd yr eira. Gwelodd ôl ei draed ar y dreif. Clywodd sŵn dychrynllyd y car yn startio, digon i ddeffro'r meirw. Gwelodd y petryal o darmac glân. Gwelodd farciau'r teiars. Yr oedd tystiolaeth.

4.

Arhosodd Lowri tan y munud olaf rhag ofn y deuai galwad ffôn i ddweud fod yr ysgol ar gau oherwydd yr eira, ond ni ddigwyddodd. Wrth fynd drwy'r drws ffrynt gwelodd Magwen Wmffras yn ei choban yn yr ardd.

"Magwen fach," meddai wrth ei harwain yn ôl i'r tŷ, "Ers faint 'dach chi 'di bod allan yn fama? Mi wnawn banad. A mi ffonia i Violet."

5.

Wedi iddi gyrraedd ymddiheurodd Violet yn llaes am

ymddygiad ei mam, yn llaesach am gadw Lowri o'i gwaith. "Na hidiwch," meddai Lowri, "Mi fydd y prifathro'n dalld yn iawn. Mi roith ddau a dau hefo'i gilydd i neud pump."

Ar y ffordd yn ôl i'w char, gwelodd Lowri fod y petryal wedi ei lenwi gan yr eira.

"Bore da, Miss Lloyd," gwaeddodd Ednyfed arni yn dyfod yn ôl yn bwyllog hefo'i bapur. "Codi'n hwyr ddaru chi? Yr hen eira 'ma'n cuddiad bob dim."

6.

"Deud hyn'na eto. Edrach ar Violet yn mynd ar ei hyll yn y car o'n i yn tywydd 'ma. 'Rhen Fusus Wmffras eto ma raid. Cau'n glir â mynd i gartra sdi. Ond deud be' o ti'n 'i ddeud … O! dy dad … Na, ma 'di mynd i'r ysgol sdi. Er 'i bod hi'n berfeddion o'r bora arno fo'n cyrraedd adra o'r cwarfod … Dros dair awr o Landudno, twenti'r holl ffor' … Wel, oedd, medda fo …"

7.

Yr oedd Magwen Wmffras yn mynd drwy heth ar ei phen ei hun.

8.

"Sgin i'm amsar," clywodd Lowri ef yn ei ddweud eto.

9.

Ar ei ffordd yn ôl sgidiodd car Violet i'r ffos. Yr oedd hi'n sdyc. Yn hollol sdyc.

10.

Edrych ar ei bapur newydd nid ei ddarllen yr oedd Ednyfed, yn troi tudalen ar ôl tudalen. "Mi'r a'i i weld y docdor 'rwsos nesa'," meddai wrtho'i hun.

11.

Doedd 'na'm eira ar yr A55, gwyddai ei ferch.

●

Camgymeriad

Â'i phen i lawr cerddodd i gyfeiriad desg y nyrsys.

Hanner cododd ei phen a gwelodd drwy gil ei llygaid drwy wydr drws y ward fach tu ôl i'r ddesg ben ei wraig yn diflannu.

"Chwilio am rywun ydach chi?" holwyd hi gan nyrs a oedd wedi bod yn edrych arni.

Gwnaeth hi amdani i edrych am enw'r ward.

"Cefni?" holodd.

"Un llawr i fyny," meddai'r nyrs, "Mae'n ddrwg gin i," ychwanegodd.

●

Taith Fws: Mewn Pum Symudiad

1.

"Sgin i'm trw dydd," meddai gyrrwr y bws yn wên i gyd wrth Jac Par, Jac Par oedd wedi rhythu ar y dreifar ers iddo fynd ar y bws a dweud dim. "Port," mentrodd y dreifar ei ofyn ar ei ran. "Dwi'm yn stopio'n nunlla arall, felly Port amdani. Single ta return? Return ddudwn i." Gwelodd y dreifar fod Jac Par yn dal ei bàs bws yn ei law, arhosodd, ond dim math o symudiad, a meddai, "Fan hyn, ylwch," a dangosodd i'r dyn mud o'i flaen y fan ar y teclyn ymhle y dylai osod ei bàs bws. "Iesgob Dafydd," meddai'r dreifar a oedd bellach wedi gwyro dros ymyl drws bach ei gab, a chodi llaw Jac Par gerfydd llawes ei gôt, ac fel petai'n bypedwr medrus mewn sioe i blant, medrodd yn ddeheuig iawn gael y pàs i gyffwrdd y lle priodol. Parhau i edrych ar y dreifar yr oedd Jac Par. "Dwi'm yn bictjwr i edrach arno fo," meddai'r gyrrwr, "Ond well chi fynd i ista."

"Mi'r a'i â fo," meddai'r ddynas oedd wedi bod yn amyneddgar y tu ôl iddo, "'Dy o'm yn dda 'chi," meddai hi drwy siâp ceg, ac yna'n hyglyw, "Mi ddof yn f'ôl hefo mhàs unwaith y bydda i 'di roid o yn 'i sêt."

"Waeth chi befo, mach i," meddai'r dreifar, "On ddy hows. Dan ni'n hwyr fel ma hi."

Yn ei sedd yr oedd Jac Par wedi cynhyrfu drosto oherwydd ei dad oedd yn gyrru'r bws.

Cyffyrddodd y wraig a oedd wedi ei arwain i'w sedd, ac a oedd yn eistedd y tu ôl iddo, ei ysgwydd a holi: "Dach chi'n iawn yn fanna, Mr Parry?" Hanner trodd ei ben i'w chyfeiriad. "Schubert," meddai wrthi.

Ar y ffordd allan o'r bws, meddai wrth y dreifar: "Peidiwch chi a byth â gadael i mi'ch gweld chi'n taro Mam eto."

2.

"Fedri di roid o mewn tacsi, a mi dala i pen yma yli," meddai Elsbeth Parry wrth Mavis Plumbley – diolchodd yn dawel mai

Mavis Plumbley a'i gwelodd o – siop floda' Roses are Read, roedd hi'n siop lyfrau hefyd. "Golwg dipyn bach ar goll arno fo," ddywedodd Mavis. Nid aeth i'r drafferth i esbonio mai 'Symol' Jones a ddaeth ar ei draws tu allan i'r cyfleusterau cyhoeddus ond cloëdig, ei drowsus at ei bennagliniau a'i drugareddau'n amlwg i'r byd, ac iddo ddod â fo i'r siop yn gwybod yn iawn, fel y gwyddai 'Symol' Jones bob dim, 'ein bod ni'n dwy'n ffrindia'. Ac yno roedd Jac Par yn eistedd rhwng dwy bwcedaid o rosod – roedd hi'n ddydd Santes Dwynwen fory – yn syllu ar glawr llyfr.

3.

Nid dynes ddieithr oedd yn aros amdano ar riniog y drws, a'r ddynes tacsi'n dod ag ef yn ei braich i fyny'r llwybr. Gwyddai Jac Par yn iawn mai Penelope Fitzgerald oedd hi. Roedd o wedi ei gweld droeon ar gefn llyfr.

4.

"O! gwranda," meddai Catrin Lloyd, Twrna, wrth ei merch Havergale ar y ffôn, "a finna 'di gorod dal y blincin bỳs eto heddiw, pwy oedd o mlaen i ond dy hen ditjyr miwsig di, Jack Parry."

"Jac Par," meddai Havergale – o Frwsel erbyn hyn – "He helped me write that essay on the Trout Quintet that got me the prize. Actually, he wrote most of it himself. Remember?"

"Wel, 'na chdi yli," meddai Catrin, "Sa chdi'n dychryn 'i weld o. A raid mi gal bỳs pàs hefyd. Rimeindia fi tro nesa. Bysys ma'n ddrud 'di mynd."

5.

Gosododd Myfi Owens ei swper o flaen Dic ei gŵr wedi iddo gyrraedd adref ar ôl cwblhau ei shifft ar y bysus.

Edrychodd ef ar ei blât.

Llyncodd Myfi ei phoer.

"Iau," meddai'n dawel, "Iau. Ffycin Iau. Ydy stêcs wedi mynd allan o ffasiwn ydyn nhw?"

Ag un symudiad â chefn ei law sgubodd y plât a'i gynnwys oddi ar y bwrdd a hyd y wal.

Yn reddfol cyn cael ei tharo disgynnodd Myfi fel o'i gwirfodd i'r llawr.

Safodd Dic uwch ei phen a'i chodi gerfydd ei gwar fel petai'n bypedwr medrus mewn sioe i blant.

Daliodd hi am i fyny. Rhythodd i'w hwyneb a meddai gyda'r tawelwch hwnnw y gŵyr dyn treisgar sut i'w ddefnyddio: "W't ti'm yn sylweddoli mod i drw dydd 'di dreifio nytars a hen bobol rownd y wlad ac felly stêc ti'n dalld. Stêc."

●

Welintons

Paid â symud. Nes di symud? Dwi 'di deud wrtha ti am beidio symud.

Ti'n gweld, mi ges di'r cyfla i ddeud bob dim heddiw. Oeddat ti wedi meddwl deud bob dim heddiw? Pan oeddat ti ar dy ffor' bora 'ma i dy waith, oeddat ti'n rihyrsio'r geiria? "Wel, Robat Hendri, dudwch wrthan ni be sy'n bod," fydda Tjarli Tjecs wedi'i ofyn i ti, "Tydy o ddim fatha chi i neud y ffasiwn gamgymeriadau?" Be fydda ti wedi ddeud tasa ti wedi cael y cwestiyna yna? Fydda gin ti 'di bod yr asgwrn cefn i ddeud y gwir?

Ond doeddat ti'n lwcus mod i yno yn y swyddfa o dy flaen di i esbonio petha' i'r hen Tjarli Tjecs cyn i ti ddŵad i mewn? Mi oedd dy wynab di'n bictjwr pan gwelis di fi. "Meddwl," medda 'rhen Tjarli ar y ffôn bnawn ddoe, "ca'l gair hefo chi gynta, Meirwen. Dan ni'n nabod 'n gilydd. Dan ni ddim isho i betha fynd owt of hand yn nacdan ni?" A mi fedris yli dawelu ei bryder o. Mi fedris ddeud nad w't ti ddim 'run un ers marwolaeth dy fam. "Ond mae pedair blynedd ers marwolaeth Myfi Eigra, Meirwen," medda fo. "Tjarli," medda fi, "nid mewn blynyddoedd y mae mesur galar." "Cweit reit," medda fo, "Cweit reit. Dwi'n ymddiheuro." A mi es yn 'y mlaen i ddeud dy fod ti'n colli Janet ers iddi briodi a fawr o awydd ganddi hi ddŵad adra. "Brwnt ydy plant 'nte, Tjarli," medda fi, 'n gwbod yn iawn nad oes gin 'i Karina fo isho dim i'w wneud â'r mochyn ag ydy o. A bod yna ynot ti 'rioed, ond 'n bod ni wedi medru'i guddiad o tan 'n ddiweddar, dueddiad tuag at ddipreshyn. Mae dipreshyn y godsend mwya withia. "Tewch, Meirwen," medda fo, "wyddwn i mo hynny. O! Robat Hendri druan." "Mi oedd 'i dad o fela," mi fedris roid ryw layer bach arall ar ben yr esboniad. A mi es ymlaen wedyn i ymddiheuro ar dy ran di. "Mae'n ddrwg gin i am hyn i gyd, Tjarli," meddwn i, "a dwi'n teimlo rêl chwech na faswn i wedi sylwi'n gynt. Ond mae o i'w weld yn iawn adra bob tro fydda i'n gofyn iddo fo, 'W't ti'n iawn, mach i?' Yndw. Yndw. Paid ffysian. Dyna fydda i'n 'i gael. Y gwir ydy nad ydy o'n licio traffarth. Ond sori am hyn i gyd, Tjarli." Wydda ti i Tjarli redag i law i fyny nghlun i o dan 'n ffrog i un parti Dolig flynyddoedd yn ôl? Sdibe, dwi meddwl 'i fod o'n dal i gofio hynny. A meddwl bob tro fydd o o ngweld i, ydw i yn dal i gofio, oherwydd hynny ydy ei ofn o. "Gwrandwch, Meirwen," ddudodd o, "Dan ni am roid mis i ffwr' iddo fo an tec ut ffrom ddêr." "Mis," medda fi yn rhwbio nghlun yn ara bach, "Tjarli annwyl, rhowch bythefnos iddo fo. Mi fedra i'ch garantïo chi y bydd o'n olreit ar ôl pythefnos, os yn wir y bydd o angen pythefnos. Fydd o'm 'run dyn gowch weld." Ac ar y foment honno y dois di i mewn. A mi gwelisd fi. A mi aeth beth bynnag yr oeddat ti wedi feddwl 'i ddeud yn llwyr o dy grebwyll di. Mi gwelis o'n mynd. Dy hen wep di wedyn yn ddigon o ryfeddod i'w weld.

Paid ti â meiddio symud o fanna rŵan tan ddo'i yn ôl. Ac os gwlychi di'r llawr, neu rwbath gwaeth, mi fydd hi'n go ddrwg arna ti.

Gadawodd Meirwen, gan adael Robat Hendri i sefyll ger y dresal yn noethlymun. Fel yn ystod y troeon eraill yr oedd heno hefyd wedi cael caniatâd i wisgo pâr o welintons.

●

Y Bowlen Wag

Sylwodd Elfed ar ôl iddo ddychwelyd o'r siop tjips hefo'i tjips nad oedd Benji y pysgodyn aur yn ei bowlen. Edrychodd ac fe'i gwelodd yn gyrlan euraidd ar yr oilcloth. Dirnadodd fod Benji hefyd wedi meddwl am hunanladdiad. Ac yn amlwg heno wedi llwyddo.

●

Ar y Silff

Dwi rhwng ei ddulo fo o'r diwedd. Mi ddeuthum mewn cwd papur. "Yda chi isho cwd papur amdano fo?" glywais ddynes y siop lyfrau'n holi. A mi gollyngodd fi o'r cwd papur a'n rhoi i ar y silff yn fama. Yma bûm. Rhwng dau arall ddaeth mewn bag. Un cwd papur rhwng dau hen fag. Hwyrach mod i'n rhy nobl iddo fo. Mae o i'w weld yn licio pethau teneuach, meiniach. Ysgafnach. Darllen mae hwn, ynteu fflyrtian hefo geiriau? Ond dwi rhwng 'i ddulo fo o'r diwedd. Ond cheith o mo'n nhrin i fel clawr papur. Dwi'n glawr calad. Dwi'n argraffiad cyntaf. O gw on, mosod arna i fel tawn i'n peipyrbac. Plyga fi drosodd. Mae o newydd dynnu'n siaced lwch i. Dwi wrth 'y modd pan mae'i fawd o'n mwytho ymylon y peijis. O gna i'n meingefn i gracio. Mae nhudalennau i ar led. Mi fuodd raid iddo fo ddarllen y paragraff cyntaf bedair gwaith. Be' mae o feddwl ydw i, rhywun sy'n ildio ar y tro cyntaf? Dwisho bod yn goman, ond mae fy mrawddegau cwmpasog i yn nacáu i hynny ddigwydd. Weithiau dwi'n meddwl y byddwn i wedi licio cael y profiad o fod yn ail-law; yr holl fela 'na; yr enwau a adawyd ar ôl. O mae o wedi dŵad ar draws gair newydd. Witjwch iddo fo gael 'i dafod rownd hwn. O! *Diargyhoedd*. Eto. *Diargyhoedd*. Unwaith eto, plis. *Diargyhoedd*. O! mam bach ... Ond dwi ar y silff yn ôl. Dwi'n ormod iddo fo. Ar y silff bydda i. Ddaru o rioed 'y nalld i. Na, na, ni ddefnyddiaf iaith fel yna. Nis deallodd fi erioed. Myfi a ddaeth mewn cwd papur.

●

Wyrion Abe Mackie

(Western Cymraeg)

Ugain munud i unarddeg yr hwyr ar noson annifyr ydoedd pan stopiodd y trên yn yr orsaf: gorsaf trên tref fechan; bron y medrid neidio o un platfform i'r llall ar draws y cledrau un trac. Golau – mwy o staen na dim – melyn hyll o dan y canopi.

Aeth y trên yn ei blaen i fyny'r lein ac i'r tywyllwch.

Yno ar y platfform wrth ochrau ei gilydd yr oedd y tri. Wyrion Abe Mackie. Arnold ac Absalom, yr efeilliaid ac Askew, yr ieuengaf. Cotiau – yr hyn a elwid yn gaberdine – amdanynt ill tri. Hetiau trilby am eu pennau. Yn nwylo pob un ces bychan, lledr. Yn od iawn yr oedd goleuni o rywle ar flaen esgidiau Arnold, ond nid ar esgidiau y ddau arall.

Ar hap y dewiswyd y dref ganddynt. A hynny drwy yr hen ddull: pin mewn map. Yr oedd un amod: rhaid oedd iddi fod yn dref arfordirol hefo castell.

Awydd Arnold – oherwydd yn bennaf am Arnold y mae'r hanesyn hwn – oedd aros mewn bordello. Wedi iddo wneud ymholiadau, y peth agosaf at bordello yn y dref hon oedd tŷ o'r enw Y Border Bach. Wrth lwc yr oedd yn dŷ lodjin.

Gafaelodd y tri am ei gilydd yn gwlwm o agosatrwydd. Wedyn y gwahanu. Yr oedd Absalom ac Askew wedi penderfynu treulio'r noson yn y shelter ar y prom. Yr oeddent wedi hen arfer.

Gwyddai Arnold o'i ymholiadau nad oedd Y Border Bach nepell o'r orsaf ar y ffordd fawr rhwng tŷ bwyta o'r enw Dyfodol – a oedd yn amlwg wedi cau'n barhaol – a siop hela ymhle yr oedd llwynog llonydd a mochyn daear llonydd yn wynebu ei gilydd, eu llygaid yn pefrio'n ddu fuchudd.

Agorwyd drws Y Border Bach gan Magdalen Prichard-Martin, y perchennog. Ymddiheurodd Arnold am fod yn hwyr, ond ei fod wedi dweud y byddai os cofiai'r weddw Mrs Magdalen Prichard-Martin. Dywedodd Mrs Pritchard-Martin ei bod, ac nad oedd ots oherwydd aderyn y nos oedd hi. Yr oedd wedi hen arfer. Dangosodd ei lofft iddo. Dymunol iawn, dymunol iawn ymatebodd Arnold.

"Ylwch," meddai Mrs Prichard-Martin, a gollyngodd ei hun yn un darn syth ar y gwely gan fownsio yn ôl i'w llawn dwf, "Chewch chi'm sbrings fel'na'n nunlla arall." Tynhaodd wregys ei chimono gan ofyn i Arnold a oedd o angen rhywbeth: Complan, Horlics, Benger's Food. Rwbath. Dim heno, meddai Arnold.

Aeth hithau i lawr i berfeddion Y Border Bach yn bendrist. Eisteddodd Arnold fel ag yr oedd yn y gadair wicyr a dechreuodd grio. Ni wyddai pryd y byddai'n stopio.

Yn y shelter yr oedd Absalom ac Askew wedi ymgolli'n llwyr yn rhythmau'r môr.

Yr oedd y gwynt yn cneifio'r tonnau.

Nid oedd neb yn siŵr iawn sut y bu i Abe Mackie wneud ei ffortiwn flynyddoedd lawer yn ôl drwy hel cocos ar draeth Y Foryd.

●

Rhagweld

Cyrhaeddodd ansicrwydd Meical Mallard am ei ddyfodol ryw benllanw mewnol heddiw.

Felly gwnaeth yr hyn yr oedd wedi ei wneud erioed, ac â'r Beibl o'i flaen agorodd ef yn sydyn, ac â'i fys daro adnod.

Darllenodd:

'A bu, yr amser y ducpwyd y gist at swyddog y brenin trwy law y Lefiaid, a phan welsant fod llawer o arian, ddyfod o ysgrifennydd y brenin, a swyddog yr archoffeiriad, a thywallt y gist, a'i chymryd hi, a'i dwyn drachefn i'w lle ei hun. Felly y gwnaethant o ddydd i ddydd, a chasglasant arian lawer.'

Ysgwydodd Meical ei ben yn araf, araf. Yr oedd gwaith pendroni yn y fan hyn.

●

Y Ddynas Grand

"Deud hyn'na i gyd eto ond yn lot slofach."

"Margaret Greene ffoniodd gynna'n deud iddi hi a Julie Ara' Deg wahodd y ddynas grand, mi oedd hi 'di sôn amdani o'blaen, sydd newydd symud i Top Shot Ridge, Yr Esgair fel 'roedd, am goffi bora 'ma, ac i Julie Ara' Deg ofyn iddi hi be' ddaeth â hi yma, a mi ddudodd, 'Llofruddiaeth fy ngŵr', a wedi i Julie Ara' Deg neud yr O! tewch 'na y mae Margaret Greene yn medru'i ddynwarad well na neb nes wt ti'n dy ddybla, mi ofynnodd i'r ddynas grand, Ddaru nhw ddal rhywun? a medda Margaret Greene, Wsti be' ddudodd hi? a Wn i ddim, medda fi, a medda hi, y ddynas grand, 'Do, fi,' a mi a'th ymlaen i ddeud medda Margaret Greene druan, 'Hefo'r gwenwyn rois i'n 'ch coffi chi'ch dwy tra roedda chi'ch dwy allan o'r rŵm yn nôl y bisgits.' A mi ath y ffôn yn ded. A dwi 'di trio ffonio Margaret Greene yn ôl. Ond dim atab. A does 'na neb yn atab yn nhŷ Julie Ara' Deg chwaith. O! be wna'i?"

"Wsti be' sy'n ddirgelwch i mi? Be' oedd isho i'r ddwy fynd i nôl y bisgits?"

●

Chwarter Wedi Dau

Bûm farw ddoe. Wel ... do a naddo. Clywais Parry Plancia', yr ymgymerwr, yn dweud: 'Sics ffwt tw.' Yn y siop fara edrychodd Mable May drwof at y cwsmer nesaf, ond y mae Mable May wedi edrych drwof erioed. Wedi dweud hynny, canfyddais fy hun ar y pafin hefo torth yn fy llaw. A phawb mor glên; dim gair drwg am neb, na gan neb, mae hynny'n newydd. Yn gwenu arna i wrth fynd heibio, ambell un na ddywedodd ebwch wrtha i o'r blaen yn holi: 'Sut ydach chi heddiw?' Sut ydw inna i fod i ateb hynny? Dreifar y bws yn gwenu pan ddywedais i 'Return'. Dwi erioed wedi defnyddio bws. Eto dwi yn fy sêt hefo'r newid yn fy llaw. Wrth i'r bws orfod stopio'n sydyn mi ges fy hyrddio am ymlaen fel pawb arall. Chwarter wedi dau y pnawn y bum i farw. Chwarter wedi dau ydy hi o hyd. Mae pawb yn eu gwlâu yn cysgu'n sownd. 'Gwnaf,' dwi'n ei ddeud wrth ddynas sy 'run ffunud â ngwraig. 'Gwnaf,' mae hithau'n ei ddweud yn ôl wrth ddyn nad ydy o'n cweit fi. A mae'r lle'n gynnes hefo ewyllys da. A dwi'n penderfynu gwneud rhywbeth yr ydw i wedi bod eisio ei wneud erioed. Nofio yn y môr. Ond y mae'r hen ofn dŵr 'na'n chwalu drosta i eto. Digon i mi ydy gwlychu'n nhraed fel arfer yn dŵr yn fama ar erchwyn y môr. Dad! Dad! dwi'n ei glwad oherwydd mod i'n nabod y llais. A dwi'n clwad sŵn sblash. Ar yr ymyl yn fan hyn yn un rhes am a welir mae miloedd ohonom. Rhyngom, trwom nid oes dim yn newid. Am chwarter wedi dau y pnawn. A oes bywyd ar ôl marwolaeth? Dwi bron iawn â dweud oes.

●

Y Cwest

Pan dorrwyd i mewn i'r ystafell ar ôl cwynion am yr arogleuon anhyfryd a ddeuai oddi yno, dywedodd y Sarjant Enoc Mulldare fod y geiriau 'yn crwydro'r ddesg a'r waliau'. Pan ofynnwyd iddo am enghreifftiau, dechreuodd gyda'r gair *enghraifft* ei hun: yr oedd yr *ff* yn adenydd, ac yr oedd haid ohonynt mewn un gornel lysnafeddog. Yr oedd yr *oherwydd* chwe choes yn greadur pur annymunol, a rhyw hylif yn sipian o'i gefn. Y gwaethaf ohonynt oedd *ac*, yn glymau bychain, cochion, a hedegog, a losgai gnawd os cyffyrddid â hwy. A na, ni ddaethpwyd o hyd i'r awdur. Gorfu i'r Sarjant Mulldare esgusodi ei hun o'r cwest ar y foment hon, oherwydd fod y gair *os* oedd yn llawn bachau wedi canfod ei ffordd i flew ei geilliau. Cyn gohirio'r achos, cydymdeimlodd y crwner â'r Cwnstabl Peredur Puw, yr oedd y gair *pe* wedi ymosod ar ei lygaid a'i ddallu am gyfnod.

●

Hwiangerdd

Rhyw fis ballu yn ôl y digwyddodd hyn, a phan ddigwyddodd, am dridiau yn unig y parodd. Y mae'r digwyddiad eisioes wedi cyrraedd y chwedlonol, sy'n golygu – fel gyda phob chwedl – fod y peth bellach yn anghredadwy. Y gair ar lawr gwlad yw ecsajyreishyn. "Mae nhw'n ecsajyreitio," hynny a ddywedir.

Ond dyma'r ffeithiau:

1: Bore dydd Iau, Mawrth 9fed eleni yr oedd Ms … yn ei dosbarth yn holi'r plantos os oeddan nhw erioed wedi cyfarfod bardd, pan gododd T.Ll. o'i ddesg a'i thrywanu'n gelain.

2: Yr oedd digwyddiadau cyffelyb wedi cymryd lle eisioes mewn tri dosbarth arall.

3: Ganol dydd gwelwyd niferoedd o blant o gwmpas y dref. Yr oedd digwyddiadau annymunol yn y swyddfa bost, a'r siop fara. Amcangyfrifwyd fod dau ar hugain oedolyn wedi eu lladd erbyn hyn.

4: Cyllyll oedd y dewis arfau.

5: Meddylir mai am ddau y pnawn y digwyddodd y llabyddio cyntaf. A hynny ar y lan môr wrth reswm ymhle yr oedd digonedd o gerrig ar gael. Ni wyddys yn iawn pam y llabyddiwyd Mr T. J-S., ond ef oedd y cyntaf. Y farn yw mai mynd â'i gi am dro yr oedd o. Pan holwyd un o'r plant yn ddiweddarach, dywedyd ei fod ef a'i debyg yn 'dysgu'r petha' 'ma i ni.' Cymerwyd deuddeg carreg i'w ladd.

6: Tros y ddeuddydd dilynol llabyddiwyd trigain o bobl.

7: Mae'n debyg mai y noson honno – noson y llabyddio cyntaf

– y dechreuodd yr arferiad o 'Rhoid mam a dad yn eu gwlâu'. Trwy'r dull hwn lladdwyd o leiaf ddeugain rhiant.

8: Ar yr ail ddiwrnod y dechreuodd yr arferiad o 'Deud Stori'. Yn y Neuadd Goffa gwahoddwyd y rhai mewn oed i gyffesu. Y cyllyll a ddefnyddiwyd wedyn.

9: Ar y trydydd dydd, y diwrnod olaf, y daethpwyd i ymarfer 'Amser Chwarae'. Rhedai a rhedai yr henoed rownd a rownd y maes dan gyfarwyddyd y plant, hyd nes y bu iddynt ddiffygio a threngi.

10: Ymddengys i hyn oll ddod i ben yn ddisyfyd.

Erys y cwestiynau canlynol heb eu hateb:

1: Pam gymerodd hi dridiau i'r heddlu, y fyddin a'r gwasanaethau cymdeithasol gyrraedd?

2: Beth sydd wedi digwydd i'r plant?

3: Ai yr un plant sydd yn ôl yn yr ysgol yn llenwi'r dosbarthiadau?

4: A yw'r awdurdodau'n ffyddiog fod yr arferiad o 'Rhoid Sws Nos Dawch' wedi dyfod i ben go iawn?

●

O dan y Dwfe

Yn aml er mwyn medru cysgu yn yr un gwely yr oedd yn rhaid i Margaret ac Edward Stone wisgo amdanynt fel dau bysgodyn. Hi dragwyddol fel eog; ac a waeddai i'w gyfeiriad ef: 'Tyrd yma yr hen siarc.'

●

Teipio

I'r diwrnod dair blynedd yn ôl y clywais ef gyntaf. Sŵn y teipio. Dau o'r gloch y bore. Ei ffynhonnell oedd atic, neu garet – yr enw a ddefnyddiai fy mam – y drws nesaf. Pwy bynnag oedd wrthi yr oedd yn fedrus iawn. Teipio. Tinc y gloch. Teipio. Tinc y gloch. Gwyddwn mai teipiadur a ddefnyddid, oherwydd adwaenwn i ddyn papur newydd – fy nhad ydoedd – a ddefnyddiai deipreityr – ei enw ef – yr un mor ddeheuig â phwy bynnag oedd wrthi yn nhrymder nos yr ochr arall i'r pared â mi, ac nid y keyboard bondigrybwyll diweddar a'i linyn-bogail i berfedd cyfrifiadur. Yr hen deip, maddeuer y gair mwys, a glywais i y noson honno. Clecian llythrennau i fodolaeth yn rhythmig, swynol a thinc y gloch fach yn dweud fod rhyw derfyn wedi ei gyrraedd. Bron na allwn weld y papur yn cyrlio o gwmpas y rolyn o gorcyn yn y crud, tinc y gloch, a'r crud yn cael ei wthio yn ôl i'r cychwyn lledrithiol, a'r clecian yn ailddechrau. Bron na allwn weld hefyd y rhuban inc yn rhedeg o un olwyn i'r llall. A'r hen awydd plentyn yna yno i i'w gyffwrdd o; i fela. "Paid â mela," fyddai nhad, y dyn papur newydd, yn ei ddeud wrtha i. Mae'n rhaid 'mod i wedyn wedi mynd i gysgu.

Bob nos ers hynny yr wyf wedi gwrando ar sŵn y teipio.

Mae rhai yn nhrymder nos yn cael breuddwydion anhygoel. Mae rhai yn nhrymder nos yn cael rhyw anhygoel. Yn nhrymder nos yr hyn a gaf fi yw sŵn teipio anhygoel. Nid yw sŵn teipio yn odiach na'r pethau a eill ddigwydd y tu mewn i freuddwydion, neu ddau – tri weithiau – yn gwthio'n ffyrnig i'w gilydd.

Meddyliais unwaith ofyn a gawn i fynedfa i'r tŷ gwag drws nesaf i gael rhyw lwc-bach; adwaen i'r perchennog. Ond penderfynais beidio. Y mae fy chwilfrydedd yn y gorffennol wedi dinistrio gormod o bethau da.

Un noson yn ddiweddar dros beint hefo'r hen fois, mi aeth hi'n sgwrs am ein noson olaf ar y ddaear. Mi rydan ni gyd yn hen. Rhywun i adrodd y drydedd salm ar hugain oedd dymuniad

Alf John-Nathan. Clywed Peintio'r Byd i Gyd yn Wyrdd fyddai gofuned Ken Coesa' Bwr'. "Chditha?" meddan nhw wrtha i. Duw, dwnim, medda fi. Dwnim wir. Fedrwn i'm cael fy hun i ddweud, clwad sŵn teipio, wrthyn nhw. Nid am fod gin i gywilydd deud. Dim o gwbl. Ond oherwydd 'i fod o'n rhy ... rhy ... dwnim be' ydy'r gair.

●

Diwrnod Cyffredin Arall

10 y bore

Rhoddodd Gwennie Morgan ei cherdyn yn y twll yn wal. Rhoddodd ei rhif cyfrin pan ofynnwyd amdano. Ugain punt oedd hi ei angen, a phwysodd y botwm i gadarnhau. Gwrandawodd ar y sŵn hisian wrth i'r peiriant gyfrif ei harian. Agorodd y genau metel. Yno yr oedd trwch o arian, llawer mwy nag ugain punt. Cymerwch eich arian ac arhoswch am eich derbynneb, meddai'r geiriau ar y sgrin wrthi. *Eich* arian, a ddywedwyd wrthi. Hynny yw, chi pia'r arian hwn. Rhwng ei bys a'i bawd teimlai fel dwy fil. Daeth y dderbynneb. Edrychodd arno a gwelodd mewn print y swm o ugain punt. Ac yr oedd y sgrin wedi dweud, Cymerwch eich arian. Felly, gwyddai nad oedd raid iddi fynd i mewn i'r banc i holi.

11 y bore

"Be' wyt ti isho?" holodd Megan wedi i Gwennie gyrraedd, hen holi ar hyd ei phen ôl heddiw teimlai Gwennie, er y gwyddai'n iawn mai un oriog yn medru bod oedd Megan.

"Coffi, nte," atebodd hithau.

"Sgin i mond instant heddiw. Neith o?"

Cyn iddi fedru ateb clywodd Gwennie sŵn traed yn y llofft.

"Sgin ti riwin yn aros hefo chdi?" holodd.

"Nefoedd fawr, nagoes. 'Lam gwestiwn gwirion."

"Ond mae 'na sŵn rhiwin yn dy lofft di."

Anwybyddodd Megan hi, a dychwelodd at fater y coffi: "Instant. Neith o?"

Tra roedd Megan yn berwi'r teciall yn y gegin, clywodd Gwennie sŵn rhywun yn dod i lawr y grisiau, a wedyn mân siarad yn dyfod o'r gegin.

Dychwelodd Megan hefo hambwrdd ac arno ddwy baned o goffi a dwy Garibaldi.

"Pwy sy' 'ma?" holodd Gwennie.

"Neb, be' haru ti?"

"Wel diawl, mi glwis riwin yn dŵad lawr y grisia, a mi roedda chi'n siarad yn gegin."

"Wel, cer i edrach. Does 'na neb yma."

2:30 y pnawn

Atebodd Gwennie y ffôn.

"Wil sy' 'ma," meddai'r llais dieithr.

"Wil ?" medda hi, "Pa Wil?"

"Wil 'ch mab chi."

"Sgin i'm mab, na merch. Fuo fi 'rioed yn briod. Na chyboli hefo neb."

4:30 y pnawn

"Seinio fama, mach i," meddai dyn y fan wen, a rhoi'r bocs iddi.

"Bedio?" holodd Gwennie.

"Be' wn i, mach i. Signitjyr ydy'r unig beth dwi isho."

Arwyddodd hithau.

Am hydion edrychodd ar y bocs ar fwrdd y gegin.

Nid oedd wedi ordro dim byd.

Edrychodd ar y label eto. *ELVIRA HATS*, mewn llythrennau aur.

7:30 yr hwyr

Syrthiodd llyfr i'r llawr o'r cwpwrdd llyfrau.

Edrychodd Gwennie i gyfeiriad y cwpwrdd.

"Rho'r gora iddi," meddai.

9:30 yr hwyr

Penderfynodd Gwennie Morgan fel y byddai yn rheolaidd am hanner awr wedi naw bob nos fynd i'w gwely. Gwenodd yr holl ffordd i fyny'r grisiau. Yn y llofft ar gwrlid y gwely edrychodd ar ei choban yn ei phlyg, a'i byjamas.

●

Bore'r Briodas

"Wel! Ydy hi wedi deffro 'sgwn i?" o'r ochr arall i ddrws ei hystafell wely, "Ydy hi?"

Yr oedd y newidiadau wedi dechrau eisioes. Nid y 'chdi' arferol, ond yr 'hi' gwrthrychol, rhywbeth i edrych arni, i'w thrafod, er y gwyddai mai bod yn annwyl, gellweirus oedd ei mam.

"Lle mae hi dudwch?" clywodd ei llais eto o'r ochr arall i'r drws.

Ond dyna sydd yn mynd i digwydd o hyn ymlaen. Ar ôl hanner dydd, hi fydd y Mrs yn Mr a Mrs. Ac er nad ydy hi'n cymryd ei snâm o – 'Owen ddim digon da iddi hi felly' ei fam, clywodd ar y jyngl dryms – a'i bod yn cadw'r ap Llyr gwreiddiol, nid oedd hynny'n mynd i wneud unrhyw wahaniaeth i'r ymdeimlad o golled oedd wedi ei meddiannu yng nghanol nos. A pham hyn rŵan o fewn oriau i'w phriodas? Yr oedd y ddau wedi byw hefo'i gilydd ers dros bum mlynedd. Felly ni ddylai tamaid o bapur wneud unrhyw wahaniaeth. Mae'n amlwg nad oedd hynny'n wir. A beth oedd yn annigonol am fyw hefo'i gilydd yr oedd priodi yn mynd i'w ddigoni, a'i gyfoethogi? Nid oedd ei hymrwymiad i Cedri rywsut wedi cynyddu oherwydd fod priodas ar fin digwydd felly pam priodi? Nid oedd yr ateb i'w gael mwyach mewn arferiad, neu gonfensiwn, neu ddisgwylgarwch cymdeithasol. Mae llai yn priodi. Nid oedd rŵan yn cofio sut na phryd y penderfynodd y ddau briodi. Nid aeth Cedri i lawr ar un ben-glin. Fel Andy Bach hefo Lydia Mair, ond yr oedd hwnnw'n feddw ar y pryd. Doedd 'run o'r ddau y teip i'r math yna o beth. Hwyrach mai 'syniad da' oedd o ar awr wan. Rhyw 'waeth ni wneud ddim'. Y 'pam lai' difeddwl. Ond nid oedd heddiw'n ddifeddwl. Roeddan nhw wedi cynllunio, pendroni, dychmygu ym mreichiau ei gilydd ac o bob pen i ddesg, yn llym hefo niferoedd y gwesteion – 'run cyfneither i Mam, dim plant dan ddeg – yn ddiwastraff o arian. Nid iddynt hwy na chapel, na Nant Gwytheyrn, ond swyddfa gofrestru a the pnawn.

Daeth ping i'w ffôn ar erchwyn y gwely. Garu di cofia, darllenodd.

"O!" clywodd o'r ochr arall i'r drws, "Mae rhywun wedi cael negas. Sgwn i gin pwy?"

Yr oedd 'hi' rŵan wedi cyrraedd 'rhywun.'

A deallodd Leusa Mai.

Hwyrach ei bod wedi deall erioed.

Nid nad eisiau priodi â Cedri yr oedd hi. Eisiau y peth hwnnw na wyddai beth ydoedd oedd hi. Y rhywbeth sydd ym mhawb, ond sydd yn gwrthod gwisgo siâp na rhoi enw, wastad yn fan'cw, ond fyth yn ddigon pell i fedru peidio goglais gydol oes, a rhyddhau'n giaidd o'i afael ar brydiau arogl pêr ond egwan i dynnu pawb, os gonest ydynt, yn gareiau mewnol. Roedd bywyd ei hun yn llawer rhy fawr i'r myrddiynau sydd yn ceisio ei fyw. Ei gwaddol hi a phawb oedd anniddigrwydd parhaol. 'Gwnaf,' fe ddywedai wrth Cedri ymhen oriau. Ac yntau wrthi hithau. Ac ymhen blynyddoedd mewn henaint gobeithiai, ef yn gafael yn ofalus ynddi hi, a hithau ynddo yntau ac â'r un gofal, a'r geiriau cudd rhyngddynt, geiriau pawb: 'Nid y chdi. Nid y chdi.'

"Ocê, Mam, mae hi yn dŵad," meddai yn codi o'i gwely ar fore dydd ei phriodas.

●

Y Lodjar

1.

"Wel mi'r a'i yno ar f'union, medda fi, a'i holi hi fy hun. A dyma
fi o dy flaen di. Felly deud: wti'n cadw lodjar?"

"Yndw," atebodd.

"Be' ddath drosta ti? Tŷ mawr fel hwn gin ti. Digon o fodd.
Gardd gwerth chweil. Dau wylia bob blwyddyn o leia mewn
llefydd ecsotig. A ni gyd, dy ffrindia di. Felly pam?"

"Awydd, 'na'r cwbwl."

"Ond ddudas di ddim byd."

"Pam ddylswn i?"

"Pam lodjar fwy na ci?"

"Fedri di ddim rhoid lodjar mewn cenal."

"'Dyo'n cysgu hefo chdi?"

2.

"Ma'n berffaith wir, Muriel. Ma ganddi hi lodjar. Dwi newydd
ddŵad oddi yno rŵan. A mi holis i hi'n dwll."

3.

"Muriel sy' 'ma. Gwranda ar hyn ta. Mae hi'n cysgu hefo fo."

4.

"Wel dyna ddudodd Bet ar ôl Muriel. Lodjar o ddiawl. Trio taflu
llwch i'n llgada ni. Mi oedd hi'n nabod o ers blynyddoedd. Dyna
oedd y ddau wylia bondigrybwyll bob blwyddyn siŵr dduw."

5.

"Diolch i ti 'rhen Gwennie. A dyna ni 'di ca'l y blaen ar Bet a
Muriel. Mi ga'n sioc ar 'u tina pan ddallltan nhw i'r ddau briodi
llynadd yn y Maldives."

6.

"Hi ma' siwr i ti sy' wedi lledaenu stori'r Maldives 'na. Rêl hi i neud hyn'na. Er mwyn trio'n taflu ni oddi ar y trywydd, ac mai newydd ddŵad trwodd mae'i ddifôrs o. Ac ia, ti'n iawn, mi-leidi oedd y ddynas arall. Hen gnawas. Dwi 'di deud amdani 'rioed. 'I wraig druan o.

7.

"Pensaer," medda nhw.

8.

"Wel, p'run sy'n iawn? Docdor ta bownsar ydy o?"

9.

"Mae Gwennie'n grediniol mai fo oedd o. Yn postio cythral o barsal mawr. A'r cwbwl fedra hi 'i weld ar y label oedd Halifax."

10.

"Canadian. O Halifax, Nova Scotia."

11.

"Yn yr aiyrnmyngyri. Gofyn am bâr o bliars. Mi nabododd Llinos o oddi wrth 'i Sgotish acsent o."

12.

"Dentust wedi riteirio."

13.

"Mi fuo fi rownd y tŷ i gyd. Canu a chanu'r gloch. Sbio drwy bob ffenasd fedrwn i. Pob man 'di gloi. Y gareijis, y shedia, i gyd dan glo."

14.

"Be' oedd o'n neud yn prynu lli' a rhaff a sbanyr a thâp?"

15.

Annwyl Genod,

Fel y gwelwch, yma ym Mharis. Elwena 'nghyfneither wedi methu mynd. A wedi dŵad yn ei lle hi. Braf yma. Montmartre pnawn 'ma. Yr Orangerie yng Ngardd Tuileries a'r Monets fory. Bwyd amheuthun. Cawn catch-up pan ddof nôl. Swsus fil,

Sian Elen.

Xxx

16.

"Nid 'i sgwennu hi ydy hwnna."

17.

"Pwy rŵan sy'n gyrru postcards?"

18.

"Pwy ydy Sian Elen? Ydan ni wedi ei hadnabod hi erioed?"

19.

Edrychodd pawb ar ei gilydd.

20.

"Cyfrwch faint o'r cêcs 'dan ni 'di buta, genod. Rag ni ga'l 'n gneud."

●

Jam Cartra

Sylwais wrth godi'r gwpan o'r soser i gymryd llwnc o de fod ôl egwan lupstic ar ei hymyl. Wrth roi'r gwpan yn ôl ar y soser, gwelais fod dau damaid o lwydni ar ochr y sgon ar y plât o 'mlaen i.

"Mae 'na jam gwsberis i fynd hefo'r sgon," meddai, "Ond i chi agor ei geuad o."

Meddyliais y dylwn wneud o ran cwrteisi, a gwyddwn hefyd mai dyna oedd ei dymuniad, heb sôn mai o holl jamiau'r byd nid oes yr un yn fy marn dinod i fedr guro jam gwsberis. Agorais y jar, ac yno roedd gwlân o lwydni yn enhuddo'r jam.

"Jam cartra," medda hi. Ac wrth ei ddweud disgynnodd un lygad o'i phen a glanio ar y twmpath o wallt oedd ar ei harffed. Edrychais arni a gwelais ei bod yn foel.

Mae'n rhaid i'r unllygeidiog fy ngweld yn ceisio codi, oherwydd dywedodd: "Mae'ch coesa chi fel jeli."

Edrychais yn unionsyth ar fy nghoesau a dirnadais ei bod yn dweud y gwir. Yr oeddynt wedi eu trawsffurfio yn rhyw hylif trwchus. Fel jeli. Dirnadais, eto fyth, fod y broses yma o jelieiddio yn graddol feddiannu gweddill fy nghorff.

Gwelais hi ag un droed yn gwthio'r bwrdd bach te i un ochr, ac â'r droed arall yn symud y rŷg o'r neilltu i ddangos agen rhwng prennau'r llawr. Dechreuais innau lifo i'r agen.

Ac yma rwyf o dan y llawr. Sut bynnag siâp sydd arnaf yr wyf yn ymwybodol o bob dim.

Y foment hon yr wyf yn gwrando ar raglan ar Radio Cymru yn sôn am wasgodau.

Yr oedd gennyf fi un tro wasgod taffeta binc yn berwi o sicwins aur ac arian a glas.

●

Mynd am Dro

Prynhawn echdoe tro'r cŵn oedd mynd â'r 'perchnogion' am dro, arferiad yn y cwr yma a gyplysir yn benodol â Dydd Iau Cablyd.

Yno ar y prom yr oedd Connie Alis yn cael ei hebrwng ar dennyn aur gan Twdls Beibi; Connie Alis yn dal y bag plastig bychan, du ond cwbl angenrheidiol yn ei safn lipsticaidd.

Y tu ôl iddynt yn tynnu'n wyllt ar ei dennyn ef yr oedd y cyngenhadwr Y Tad Aidan Kinsale, C.I. a Rojyr Ruff druan yr Affgan Hownd yn ei fyd yn ceisio ei gadw o ben-ôl Connie Alis.

I'w cyfeiriad yn llenwi'r palmant a rhyw olwg fydda'i-ddim-yn-symud-i-neb arno daeth Heglaioma Traherne, y Tori, ond yn cael ei reoli'n ddeheuig iawn gan Alwyn Clay, yr Alsatian.

Ar y traeth, yn y tonnau dweud y gwir, wedi ei glymu i'r tennyn-sy'n-rhedag-am-byth yr oedd Jack Russell-Owen, y glanhawr ffenestri, a Sbynj, y Jack Russell go-iawn yn methu'n glir â weindio'r llinyn-tragwyddol yn ôl i'r carn.

Mae'n debyg mai y prynhawn hwnnw y penderfynodd y cŵn wireddu eu cynllun ac mai nid rhywbeth dros dro fyddai hyn ond parhaol.

Am bump o'r gloch y dechreuwyd ar y sbaddu.

●

Rhad Ras

Dau gŵyn a glywid am *Moreia* – trosglwyddwyd yr enw gwreiddiol i'r tŷ bwyta newydd un seren Michelin – yr oedd y perchenogion, Victor a Vicky Sparks yn awyddus i barchu traddodiad, ac nid oedd Moreia fel enw, teimlent, yn anghydnaws neu'n od ar dŷ bwyta, fel y byddai Jerusalem, efallai, neu En-gedi yn sicr – yr oedd rhywbeth *quirky*, eu gair hwy, am y cyfuniad – ond rhwng bod yn gapel a dyfod yn dŷ bwyta o'r safon uchaf posibl, gareij, nid hyd yn oed modurdy ond gareij, oedd Moreia – ond ag yntau erbyn hyn yn dŷ bwyta, dau gŵyn a glywid am *Moreia* – y cyntaf oedd y clywid arogl, ar brydiau rhwng dau gwrs, rhyw wiff fel y dywedid gan ambell gwsmer, o olew neu betrol, jysd digon i godi ar rai, nid ar bawb, rhyw gyfog bychan, ond wrth lwc byr ei barhad – plwc sydyn o euogrwydd oedd yr ail gŵyn – "Mi oeddwn i ar ganol 'y mhwdin," oedd tystiolaeth Eddie Burgmann, yr hynaf o'r brodyr Burgmann o Burgmann Ales and Wines a'r siopau *What Ales Thee* – "pan deimlis i yn uffernol o gilti am bob dim o'n i 'di neud rioed as ut wer." Cyffelyb oedd profiad niferoedd eraill, Herbert Witty a'i gymar Spencer Moffat, er enghraifft. Ond yn amlwg nid yw'r un o'r ddau gŵyn wedi effeithio ar boblogrwydd *Moreia*; nid oes dichon cael bwrdd cyn mis Awst – mae hynny bedwar mis i ffwrdd – a chofier rhaid archebu y cimwch (lleol bellach, ôl-Brecsut) bedair awr ar hugain rhag blaen; y baedd dridiau.

●

2 + 2

Yn ei swyddfa fechan, lle i un yn unig, yr oedd Ifan Darling yn ddiogel yng nghanol yr anfonebau a'r derbynebau. Yr oedd rhifau yn hollol ddibynadwy. Tra y medrai geiriau olygu unrhyw beth a mynd y ffordd hyn neu'r ffordd arall yn eu chwitchwatrwydd, lle bynnag yr oedd rhywun yr oedd dau a dau yn ildio pedwar. Nid iddo ef y llawr isaf ymhle yr oedd y ceir Newydd sbon danlli llonydd, a'r ddau werthwr yn eu siwtiau yn hudo prynwyr â mân siarad. Nid iddo ef y gweithdy ymhle yng nghanol olew a thinc metel yr oedd y mecanics yn ymdrybaeddu mewn siarad ffwtbol a secs. Unwaith yn unig y taflwyd ef oddi ar ei echel; un amser cinio mae'n rhaid iddo hepian uwchben y rhifau a'r bòs ddyfod i mewn yn ddisyfyd a'i ddal yn pendwmpian a gweiddi: "Hei, be' sy'n mynd ymlaen yn fama?" Neidiodd Ifan Darling ar ei draed ac arllwys cwpaned o de llugoer ar draws y rhifau yn grediniol am eiliad rhy hir o lawer ei fod yn ei gell yn ôl. Cellwair, wrth gwrs, oedd y bòs. Tynnu coes.

●

Gwahoddiad

Pan ofynnodd Meirwen Lloyd iddo a fyddai'n licio dod draw i'w fflat brynhawn Sadwrn am baned o de, cacen hefyd, rhywbeth i'w fwyta efallai, yr oedd ofn arno ddweud y byddai, yn fawr iawn, felly trodd arni a gofyn iddi pa fath o ddyn y meddyliai hi oedd ef? Ni chafodd wahoddiad i le neb wedi hynny fyth wedyn.

Flynyddoedd yn ddiweddarach gwyddai iddo wneud y peth iawn. Rhag ofn.

●

Y Tri Colin

Lluesty,
Yr Hen Lôn,
Blaenau Seiont.

20fed Hydref, 2020.

Annwyl Lliwedd O'Brian,

Braf derbyn llythyr am unwaith.

Braf cael ysgrifennu un yn ôl.

Wrth gwrs fy mod yn eich cofio. Morgans oeddech bryd hynny.

Ac ydwyf, wedi hen ymddeol. 'Daeth i ben deithio byd' yw hi arnaf erbyn hyn.

Ceisiaf ateb eich cwestiynau.

Yr ydych yn llygaid eich lle, yr oedd tri Colin yn y dosbarth. Colin Davies, mab y fferyllydd. Colin Angau, mab yr yndyrtecyr. (Hughes oedd y snâm cywir, fel y cofiwch.) A'r un yr ydych chwi yn holi amdano, Colin Davenport, a ddaeth i'r dosbarth ganol tymor yn ddigon disyfyd, aros am dymor a hanner yn unig, a gadael yr un mor chwimwth. Ni wn a yw'r hyn a ddywedwch amdano'n gywir.

Yn bendifaddau, Comus oedd y testun arall o waith Milton y bu i ni ei astudio y flwyddyn honno. Gwaith diflas iawn. Ond wedi dweud hynny, athro diflas a symol.

Yr ydych yn gywir am Elsbeth Tomkins. Fe'i disgyblwyd am wrthod dysgu esblygiad i ni. Clywais yn ddiweddarach iddi fod yn cenhadu yn Burma a byw yn Yangon – Rangoon, fel 'roedd – lle y bu farw.

Gan droi rŵan at wir fater eich llythyr. Wrth gwrs, fy mod yn cofio'r digwyddiad. Effeithiodd ar nifer ohonom. Erbyn rŵan y mae wedi pylu yn ei nerth. Ond yn amlwg nid felly i chi. A yw i mi? Wrth gwrs fod unrhyw ymddiheuriad yn hollol annigonol. A na, ni fynnaf innau chwaith geisio rhoi taw ar bethau drwy fenthyca'r ystrydeb mai ieuanc oeddem. Ni wn beth arall i'w ddweud. Go brin, yn fy marn i, y byddai cael gafael ar Colin Davenport yn goleuo unrhyw beth. Yn amlwg yr ydych wedi byw bywyd llawn a gwerthfawr ...

Wedi ail-ddarllen llythyr ei thad at Lliwedd O'Brian, pwy bynnag oedd Lliwedd O'Brian, oherwydd nid oedd wedi canfod ei llythyr gwreiddiol hi at ei thad er chwilota'n ddygn. Beth wnaeth ag o tybed? A oedd yn fwriad ganddo bostio ei ateb ati, yr ateb yr oedd bron â'i gwblhau, teimlai, pan ddioddefodd y trawiad angheuol ar ei galon? A oedd rhywbeth wedi ei styrbio? Ond yr oedd y meddyg wedi rhybuddio mai rhywbeth fel hyn a ddigwyddai iddo. Felly cyd-ddigwyddiad ydoedd. Eto, teimlai ei bod wedi etifeddu rhyw ddirgelwch, rhyw gysgod. Fe gadwai y llythyr am sbel beth bynnag. Efallai y deuai llythyr Lliwedd O'Brian i'r fei.

Mab Colin Angau oedd yn gyfrifol am drefnu angladd ei thad. A Philips ydoedd, nid Hughes.

●

Iachâ Dy Hun

Y cwbl a welais ohono ar lawr y gegin oedd ei drowsus denim a'i esgidiau gwaith; yr oedd y gweddill ohono yn y cwpwrdd o dan y sinc, ond medrwn glywed ei duchan a sŵn sbanar, mae'n debyg, yn tynhau rhywbeth o gwmpas y beipen wast. Wedyn gwelais law, llaw gwaith ymarferol, nid fel fy un llyfn dal stethosgop i, gwelais y law yn cydiad yn nhop y cwpwrdd a llusgodd y gweddill ohono i'r golwg, a "Job done," meddai i'r nenfwd.

"Ti di gorffan?" ebe fy ngwraig o'r tu ôl i mi.

"Do," medden ni'n dau, y ddau ddyn, ar yr un adeg.

"Pawb yn iach," euthum yn fy mlaen, "Neb fawr isho doctor pnawn 'ma. Dyna pam dwi'n gynnar."

"Wyddwn i ddim 'n bod ni isho plymar," meddwn i wrthi wedi iddo fynd.

"Tap yn gollwng," ebe hi, "Ond fasat ti ddim wedi sylwi. Mynd ar 'n nyrfs i."

"A mi fedrast di ga'l plymar i ddod yn unswydd i hynny. Central heating yn un peth; tap yn gollwng yn rywbeth arall hollol."

Os ydy plentyn yn sâl, er rywsut 'ch bod chi'n teimlo mai'r fam sy'n gneud ffŷs, mae'n rhaid i chi alw yn y tŷ, rhag ofn. Wedi'r ymweliad, ac wedi i'r fam a fi ddod i'r casgliad drwy'n gilydd mai salwch tydw-i-ddim-isho-mynd-i'r-ysgol-heddiw oedd y cyflwr, a finna hefo rhyw hanner awr i sbario cyn y syrjeri, mi benderfynais fynd ar hyd y prom. Adnabod y llaw drwy ffenasd y fan yn gwasgu cefn y wraig a wneuthum i. Gan mai doctor ydwi, mi rydw i, gobeithio, yn sylwi ar y pethau pwysicaf. Fel doctor hefyd y mae ambell i gyflwr y gwn y mae'n rhaid ichi ddysgu byw hefo fo.

●

Y Golofn

Gwag fu'r golofn ers degawdau, yn wir ni osodwyd cerflun arni erioed; a chwarae teg i'r dref a ddywedodd bron ag un llais y byddai'n well ganddi anrhydeddu llygoden fawr na'r Tori y bwriadwyd y golofn ar ei gyfer yn wreiddiol.

Felly heddiw tro Magwen Harris oedd esgyn yr ystol a osodwyd yn ofalus iawn ar y golofn gan genod y ffiyr brigêd ac eistedd yno am ddiwrnod cyfan. O naw y bore tan bump, hynny a gytunwyd rhyngddi hi a threfnwyr Byw Llên. Ddoe, jyglyr oedd ar y golofn. Echdoe, bardd. Yfory, Lleu Llaw Gyffes.

Ond heddiw, Magwen Harris a ddywedodd ar ei ffurflen gais nad oedd ganddi ddim i'w gynnig yn llenyddol, nac mewn unrhyw ffordd arall, ond yr awydd i dreulio oriau mewn dectjer ar ben colofn. Am ei gonestrwydd cafodd le.

Yma mae hi. Daw un neu ddau i edrych arni a dweud dim. Esgynnodd Mari Lena'r ystol hanner ffordd a gweiddi: "Sgin ti isho panad?" "Dwi'n iawn diolch," atebodd hithau, "gin i ddwy fflasg." Daeth ymwelwyr dydd a chlywodd un yn gofyn: "Wat wmyn dwin?" Esgynnodd Mari Lena'r ystol hanner ffordd drachefn: "Be' neidi am doilet?" holodd. Dwidi morol, ebe Magwen. Rhwbiodd Magwen eli haul i'w gwyneb a'i dwylo. Daeth Gwladys May â dwy gacen iddi o siop Gwilym Cêcs. "Fiw braf o fama, Magwen," meddai cyn mynd i lawr yr ystol yn ei hôl.

Yr oedd yn chwarter i bump pan ddaeth colomen a glanio ar ben Magwen. Cachodd y golomen hyd-ddi i gyd a theimlodd Magwen ei bod o'r diwedd yn gerflun, yn waith celf.

Tybed, holodd ei hun, a oedd unrhyw un arall yn y dref hon mor hapus â hi rŵan? Nid oedd yn fwriad o gwbl ganddi ddyfod i lawr o'i cholofn am bump, cytundeb neu beidio.

●

'Braquage De Banque'

Dim ond un cashiyr – neu 'ariannydd' fel y dywedai'r arwydd – ond cashiyr yr oedd hi wedi ei ddweud erioed. Cofiai fel yr oedd o leiaf wyth yn yr hen ddyddiau. Cofiai enw un, Mr Hope. Rŵan, un bod dynol ac wyth peiriant. *Making Banking Easier For You*, meddai'r arwydd, a rhywbeth llipa ceiniog a dima – a! ceiniog a dima, meddyliodd – oddi tano'n haeru: *Ei'ch Fanc Chwi*.

"Pam nad oes yna fwy nag un cashiyr?" holodd Miss Protheroe y ddynes oedd wedi ei gwisgo mewn dillad banc – pam fod lliwiau dillad banc naill ai'n las tywyll neu'n mauve? meddyliodd – ac a oedd yn hofran rownd y peiriannau fel rhyw gacynen.

"Hawsach i chi," meddai *Here to Help*, oherwydd dyna a ddywedai ei bathodyn oedd ei henw.

"Haws," meddai Miss Protheroe.

"Be?" meddai *Here to Help* yn ôl.

"Does na'm ffasiwn air â hawsach mwy na sy 'na'r ffasiwn beth â banc bellach."

"'Run peth ydy'r ddau."

"'Run peth ydy HSBC a NatWest, ia," meddai Miss Protheroe, "Ond nid 'run peth ydy haws a hawsach. Rŵan ta," meddai, a thynnodd y gwn o'i bag, "Chi y tu ôl i'r cowntar rhowch 'ch dulo yn erbyn y gwydr lle medra i 'u gweld nhw," – roedd Miss Protheroe wedi gweld hyn yn y ffilmiau – "a chitha *Here to Help*, ar lawr â chi, breichiau a choesau ar led" – spred igyl oedd yr enw ar hyn yn y ffilmiau. Gwyddai – eto o'r ffilmiau – fod ganddi lai na phum munud cyn i'r heddlu gyrraedd a threfnu gwarchae o amgylch yr adeilad. Nid oedd hi'n ddigon diniwed i feddwl nad oedd y cashiyr wedi pwyso botwm – hynny yn y ffilmiau hefyd – i roi gwybod i'r heddlu a bod y Tactical Armd Resbons Iwnut eisioes yn eu cerbydau. Tynnodd o'i bag ddau Bag for Laiff newydd sbon, a'u gwthio i'r twll o dan wydr y cowntar. "Llenwi rhein," meddai wrth y wraig, *Cymraeg* oedd ei henw yn ôl ei bathodyn. "Sut 'sa chi'n licio'r arian?" holodd *Cymraeg* hi.

"Fel ma'n dŵad, mach i," meddai Miss Protheroe. "We have the bank surrounded," clywodd o'r tu allan. Damia, meddyliodd, yn difaru iddi yn ddiweddar wylied gormod o ffilms Ffrensh, oherwydd yn amlwg oblegid yr amser a gymer i ddarllen yr is-deitlau roedd y ffilms Ffrensh yn rhoi mwy o amser i'r getawe na'r ffilms Merican. "Mi ddo'i â'r pres rownd i chi ylwch," meddai *Cymraeg* o'r tu ôl i'r gwydr, "Ma'r bagia'n rhy fawr i'r twll." "Merci beaucoup," meddai Miss Protheroe. "Sors les mains en l'air," clywodd. Ond yn ei phen eisioes yr oedd y miwsig araf, clasurol yn chwarae, miwsig ar gyfer y ddihangfa waedlyd, slô-moshyn. Stwffiodd ei breichiau drwy handlenni'r Bags For Laiff a'u gwthio'n dynn i'w hysgwyddau. A'r gwn yn ei llaw, Jesu Joy of Man's Desiring yn ei phen, agorodd y drysau led y pen, teimlodd yr aer oer, yr un heddwas a'r ddau draffig warden yn edrych yn ddi-ddeall i gyfeiriad y banc, dechreuodd danio'n orffwyll; fel yn y ffilmiau yr oedd gwaed fel paent coch; yr oedd celanedd. Cyn pen dim yr oedd o dan y Cloc Mawr, ac yna i'r chwith i lawr Twll yn Wal yn union fel yr Hole-in-the-Wall-Gang, ymhle yr oedd Nesta Puw-Morris, y gyrrwr getawe, eisioes yn refio'r Ford Fiesta.

"Mi oedd hyn'na'n lot haws na feddylish," meddai Miss Protheroe wrth iddynt adael y dref ar gyflymder dychrynllyd.

Er mawr siomiant iddi nid oedd dim ar y newyddion y noson honno am heist mewn banc. Nid oedd ei henw hyd yn oed ymhlith y credits.

FIN

●

Cnoi Cil

Pan ddaeth Morgan Myles yn ôl i'r tŷ hefo'i bapur newydd, ei hanner peint o lefrith ac, oherwydd mai dydd Mercher ydoedd, ei dorth fach wen, canfu fod buwch a llo yn ei gegin, y llo wedi medru agor y rhewgell ac yn stwna ymhlith yr ychydig gynnwys tu mewn, y fuwch yn llyfu'r platiau a'r powlenni – wedi'r cyfan, dwywaith yr wythnos yr oedd hen lanc fel ef yn gorfod golchi'r llestri budron, i arbed dŵr, wrth reswm. Sylwodd Morgan fod ei ffedog Yes Cymru yn gaglau hyd gyrn y fuwch. "Dowch yma," meddai, a dad-blethodd y ffedog o'r cyrn a'i chlymu'n daclus rownd ei gwddw. "Dyna welliant," meddai gan feddwl ar yr un pryd a oedd yna unrhyw beth prydferthach na llygaid buwch.

"Well i chi fynd i'r parlwr," meddai'r fuwch wrtho.

Ufuddhaodd Morgan Myles, oherwydd yn y bôn dyn goddefol a fu erioed, yn tueddu i gowtowio i bob awdurdod, boed athro pan oedd yn yr ysgol, heddwas wrth yrru car, neu fel heddiw buwch yn ei gegin.

Yn y parlwr, eisteddai tair buwch arall a esboniodd iddo fod buchod y byd, oherwydd gweledigaeth neilltuol oddi wrth Y Fuches Fawr – pan ynganwyd Y Fuches Fawr mw-mwiodd y dair i'r Fuwchderau – a ddaeth i gae neilltuol yn Ne Lloegr, mai hwynt hwy, y buchod, oedd pinacl popeth. O hyn ymlaen Y Fuwch a fyddai'n hawlio pob blaenoriaeth ac yn haeddu pob derbyniad.

Pe dymunai Morgan Myles gasglu beth bynnag o werth sentimental neu fel arall o'i gyn-gartref i fynd gydag ef, yna, esboniodd y fuwch, iddo wneud hynny.

Heliodd ambell i beth at ei gilydd – llun ei fam, llun o Edward, Caniadau'r Cysegr – a diolchodd i'r fuwch am ei chwrteisi.

Ymadawodd.

Ymunodd â rheng o fodau tebyg iawn iddo ef a oedd hefyd yn gadael y stad, buchod yn symud yn hamddenol o boptu iddynt i'w hebrwng.

●

Cobanau

Y mae rhai siomedigaethau mewn bywyd na eill neb wneud dim amdanynt, megis fy siomedigaeth i na fu i Dorothy Edwards ysgrifennu mwy o storïau byrion.

Ond y mae ambell siomedigaeth yn troi i'w gwrthwyneb. Enghraifft o hynny oedd dydd fy mhriodas. Yr oeddwn ar fy mhen fy hun ger grisiau'r allor yn edrych ar yr holl seintiau yn eu cobanau yn y ffenestr liw pan glywais yr organ yn canu ymdeithgan y briodferch. Unrhyw funud rŵan, meddwn. A chyrhaeddodd y wisg briodas ac o'i mewn Arthur, fy ngwas priodas. Winciodd arnaf. Ac ers y dydd hwnnw yr ydym wedi byw yn gwbl ddedwydd fel gŵr a gwraig.

Mor ddedwydd ag y medr unrhyw ŵr a gwraig fod. Dim ond mewn ffenestr liw y mae seintiau. Yn eu cobanau.

●

Offrwm

Wedi agor yr amlen, dechreuodd Ednyfed Wigmore ddarllen y llythyr. Wrth i'w lygaid fynd ar hyd y geiriau daeth o'i enau ambell hym o bryd i bryd hyd nes iddo gyrraedd *Yr eiddoch yn gywir* terfynol ac i'r hym unigol droi'n hym-hym. Rhoddodd y llythyr yn ôl yn yr amlen a'i osod ar y bwrdd, cornel y llythyr a chornel y bwrdd yn cyd-asio. Felly, penderfynodd wneud rhywbeth gwahanol. Hollol wahanol. Er mae'n rhaid ei fod wedi meddwl am hyn ddyddiau, os nad wythnosau, ynghynt. Meddwl heb sylweddoli ei fod yn meddwl. Felly, wedi gwisgo ei gôt a'i het aeth i lawr i'r dref. Yr oedd yn cerdded fel petai yn dilyn rhyw gynllun rhagordeiniedig. Nid cerdded cerdded i nôl torth oedd hyn. Felly, canfu ei hun o flaen Y Siop Goch. Siop 'nialwch i rai, siop antiques i'r perchennog. Edrychodd yn y ddwy ffenestr. Edrychodd doliau yn ôl arno. Gwelodd bry copyn yn hongian uwchben yr Holy yn Holy Bible. Yr oedd berfa fechan, goch yn llawn o hen geiniogau ac ambell hanner coron.

Cododd y perchennog ei ben o'r papur newydd oedd yn fflat ar y cownter pan welodd Ednyfed Wigmore yn dyfod i mewn. Edrychodd y perchennog arno'n edrych o'i gwmpas, a meddai:

"Chwilio am rwbath penodol ydach chi?"

Wedi eiliadau eraill o edrych, "Honna'n fan'na," meddai Ednyfed wrtho'n ôl a phwyntio at y cas pren siâp torth fawr a'r gair SINGER mewn aur ar yr ochr, "Guthwn i weld?"

Wrth gario'r cas a'i gynnwys i'r cownter, "Mae hi'n drwm," meddai'r perchennog.

"Guthwn i 'neud?" ebe Ednyfed pan oedd y perchennog ar fin codi'r cas ar gyfer y datguddiad.

"Ar bob cyfri," meddai.

Cododd Ednyfed Wigmore y cas yn araf i ddatgelu'r injan wnïo. Edrychodd arni mewn rhyfeddod. Rhedodd ei law ar hyd ei chefn. Trodd yr olwyn fymryn nôl a blaen a gwelodd y nodwydd yn codi a gostwng yn fflachiadau arian. Cyflymodd troi'r olwyn a chlywodd y ta-tara-tara-tara.

"Perffeithrwydd," meddai wrth y perchennog, "Faint?"

"I'ch gwraig?" holodd y perchennog.

"I mi," meddai Ednyfed Wigmore, "Fydd hynny'n gwneud gwahaniaeth yn y pris?"

"Rownd ffigyr," ebe'r perchennog, "Does neb isho rhein rŵan. Hanner can punt."

Wedi talu cododd Ednyfed Wigmore yr injan wnïo o'r cownter ac yr oedd hi'n anhepgorol drom.

"Lle mae'ch car chi?" holodd y perchennog.

"Sgin i 'run. Ei chario hi fydd raid i mi. Sgin i ddim dewis."

Felly y bu. Ednyfed Wigmore yn cario ei offrwm hyd y dref am ei gartref, y llythrennau aur SINGER yn pefrio ar y blaen yng ngoleuni annisgwyl yr haul.

Yr oedd o eisioes wedi clirio lle adref ar ei chyfer.

●

Y Rhuban Pinc

Gwyddai pawb os oedd Miwriel Môn, yr hynaf o'r ddau tjiwawa, yn y ffenestr fod Gwyneth Meirion eu perchennog yn iawn. Yr oedd Brabazon Baglan, y tjiwawa arall yn y ffenestr hefyd ond nid mor aml â Miwriel Môn. Felly cadw llygaid ar Miwriel Môn yn y ffenestr a wnâi cymdogion a hynny wrth reswm yn golygu yn ddirprwyol gadw llygad ar Gwyneth Meirion.

Modd bynnag, un bore Gwener sylwodd Ceidiog Morgan, y dyn drws nesaf ond un, fod y rhuban pinc am wddf Miwriel Môn yn futrach na'r arfer. Un craff fu Ceidiog Morgan erioed. Ond nid oedd ef hyd yn oed yn ddigon craff i wybod fod Miwriel Môn a Brabazon Baglan ar yn ail â'i gilydd bron wedi bwyta Gwyneth Meirion i gyd.

●

Rhif 56

Mae'n debyg mai'r esboniad cywir – ac os nad cywir, yna'n sicr addas neu ddigonol – am unrhyw beth ar y ddaear yw'r un sydd wastad o dan ein trwynau. Ond pur anaml y derbyniwn hynny. O fy mhrofiad i, beth bynnag. Chwiliwn yn hytrach am esboniad – beth a ddywedaf? – mwy rhwysgfawr? Mwy dychmygus? Yr wyf wedi meddwl yn aml sut y mae gast yng nghartref bridiwr yn esbonio iddi hi ei hun ddiflaniad ei chŵn bach fesul un ac un ychydig ar ôl eu genedigaeth? A oes yng nghrebwyll gast yr ymdeimlad o ddrygioni, neu'r ymsynied o ffawd? Ein balchder, mae'n debyg, sy'n peri i ni chwilio am esboniadau cwbl annhebygol o'u harchwilio'n fanwl yn hytrach na'r rhesymau digon di-nod am y peth-a'r-peth; yr esboniad, fel y dywedais, sydd o dan ein trwynau ac yn ddirodres. Yn hyn o beth, yr wyf, fel yr ydych erbyn hyn wedi amgyffred, mae'n debyg, yn ddilynydd i'r enwog William o Occam (1287-1347) a'i rasel enwocach. Ein hymffrost parhaol yw ein bod yn rhagorach bodau na gast sy'n chwilio'n dorcalonnus am ei chi bach oedd yma gynnau.

Felly dyma ddod at Rif 56. Y tŷ pen yn y stryd hon o dai. Symudodd y diafol yno i fyw. Nid unrhyw ddiafol ond Y Diafol.

Wel do, oherwydd sut arall y medrir esbonio y tân yng nghegin Laura a Dic Hughes, Rhif 37. Fel y dywedodd Dic, i be' fydda fo'n talu i rywun arall osod y cwcyr newydd a fynta wedi weirio tŷ cyn heddiw? Rhif 56, felly.

A na, fel y mae rhai yn trio deud, fuodd Edward Garnett-Parry, Rhif 13, erioed yn sâl. Yn ei eiriau ef ei hun, roedd o'n iach fel cneuen. A chyd-ddigwyddiad oedd hi iddo wneud apointment iddo'i hun yn lle docdor y bore y buodd o farw; apointment na chadwodd nid am ei fod yn farw eisioes ond oherwydd ei fod yn iach fel cneuen. Doedd ryfedd yn y byd felly iddi hi gymryd wythnos i gael hyd i'w gorff ar lawr y bathrwm a dim byd amdano ond ei dop pyjamas. Pam fyddai'r dyn llefrith yn ei gweld hi'n od nad oedd neb wedi casglu'r poteli llawnion oddi ar y stepan drws a'r dyn yn iach fel cneuen? Rhif 56, felly.

Yr oedd Martina, rhif 29, yn grediniol nad colli ei swydd yr wythnos cynt, swydd a gafodd ar ôl pum mlynedd ar y dôl, a hen swydd ceiniog a dima, os gwir dweud, yn trefnu'r silffoedd yn Pepco, oedd wedi arwain i'w mab Ashley Tony grogi ei hun yn Coed Branwen. A na, doedd hyn ddim yn rhedag yn y teulu. *Open verdict* ddywedwyd am gwymp ei thad o'r platfform i'r lein a thrên yn dŵad ar stesion Caer. Doedd hi ddim yn coelio mewn dipreshyns beth bynnag. Yn amlwg Rhif 56. 'Obfiysli.'

Ma' pawb yn gadal goriad drws ffrynt siŵr o dan y mat, be' haru chi, esboniodd Jên-Elin, Nymbyr Fforti Tŵ, i'r llywaeth o blismones ddaeth i'r tŷ ar ôl i'r hen betha 'na yn Nymbyr Ffiffti Sics ddwyn y fforti ffaif pownd o'i phwrs hi oedd bob amsar tu ôl i'r tun busgits ac mai hannar awr neu lai oedd hi allan o'r tŷ a na doedd 'na neb arall adra oherwydd fod Conrad Daddy yn y bwcis beth bynnag bob bora Iau a phob bora arall tasa hi'n mynd at hynny ac mae'n bryd i rywun neud rwbath am y Diafol sy' 'di symud i mewn i'r Nymbyr Ffiffti Sics 'na.

Un o ystrywiau'r Diafol yw darbwyllo pawb nad ydy o'n bod. Er i'r heddlu guro a churo ar ddrws Rhif 56, er iddyn nhw dorri mewn yn y diwedd a chanfod fod y tŷ yn hollol wag ac wedi bod yn wag ers marwolaeth Ida Jenkins, yr hen garpan, nid oedd hynny'n profi dim. Ystryw y Diafol, welwch chi. A pham fod Idris Post byth a beunydd yn rhoi llythyrau drwy'r letyrbocs wedi eu cyfeirio at The Occupier os oedd y tŷ yn wag? A beth wnaeth nai Ida Jenkins, fo gafodd y cwbl, hefo'r tŷ? Oes rhywun wedi gofyn iddo fo? Lle mae o, beth bynnag? Oherwydd y mae golau yn y tŷ. Ac fel y dywedodd Edwina Puw, 53, "Mi wn i'n iawn y gwahaniaeth rhwng gola mewn tŷ a gola lamp stryd yn sgleinio i mewn i dŷ." Fel y gŵyr pawb, nid yw tŷ gwag fyth yn wag. "Be' mae nhw'n feddwl ydan ni?" chwedl Bini Tanner, Nymbyr Wan, llysfam y nodedig Gorjys Jorj, gyda llaw.

Yr ydwyf fi wedi gwrthod cael fy nhynnu i mewn i'r ffrae. Heno y mae carfan ohonynt y tu allan i Rif 56 yn gweiddi tân a brwmstan. Yn ddifeddwl yn bygwth Y Diafol ei hun; peth peryglus iawn i'w wneud. Clywais am y tro cyntaf yr ymadrodd Molotov Cocktail y dydd o'r blaen. Gwestiwn gennyf a oes unrhyw un ffordd hyn wedi clywed erioed am Vyacheslav Molotov (1890-1986). Trwy wahanu'r llenni y mymryn lleiaf medraf weld fod llawer mwy wedi ymgynnull heno y tu allan i Rif 56, niferoedd ohonynt o'r strydoedd cyfagos. Yn ôl un si disgwylir byseidiau. A phrotest drwy'r dref bnawn Sadwrn; hynny glywais. Nid oes dewis gennyf felly ond rhoi Mozart annwyl fymryn yn uwch. Mi rydwi – a maddeuwch yr ymadrodd – yn rêl cachwr pan ddaw hi i esboniadau. Wedi bod erioed.

●

Mwy

Yr oeddwn yn grediniol iddi ddweud wrthyf am ddyfod gyda hwy. (Ond, efallai, mai credu yw popeth?) Felly, i mewn i'r car â mi, a hwy; yr wyf yn hwyrfrydig i ddweud ni, pam hynny tybed? Ta waeth, yr wyf yn y cefn, yn y canol; Mali'n gyrru, Mamsi wrth ei hochr, Eben un ochr i mi, Cain Angharad yr ochr arall. Y mae gweld Mali'n gyrru yn fy nharo'n ddieithr fel petawn newydd sylweddoli mai newydd basio'i phrawf y mae hi. Dwi'n meddwl y dylai hi fod wedi newid un gêr i lawr yn fan'na rŵan. Mae Cain Angharad yn dweud iddi ail-ddarllen fy nofel ddiweddaraf. Cadw'n ddistaw a wnaf, er i Mamsi droi rownd ac edrych i fy nghyfeiriad fel petai hi'n disgwyl i mi ddweud rhywbeth. Ond dylai hi o bawb wybod mai un sâl ddifrifol fûm i erioed yn trafod fy ngwaith fy hun. "Mae gen ti angen llawer mwy o hyder, dwnim be' sy'n dŵad drosta ti wir, Hedd," ddyfyd hi bob tro. Rywsut dwi'n teimlo'n llai na fi fy hun. Ymadrodd od iawn yr ydw i wedi ei hoffi erioed. A'r *fi fy hun* yn yr ymadrodd wedi fy nharo o'r cychwyn fel y dirgelwch mwyaf; yr anghyffwrdd o'n mewn yr ydan ni mond yn medru ei gyrraedd drwy gyffwrdd y llai nag o. Peth braf ydy gadael i fy meddwl grwydro fel hyn mewn taith car. A gadael i rywun arall ddreifio. Ond dwnim pam fod Cain Angharad yn mynnu mai nofel anorffenedig ydy *Brwydr y Gorwel yn Erbyn y Ffin*. Mae Mamsi'n dweud iddi ddŵad a dŵr. Er fod y car wedi ei barcio ar y gwastad mi ddylai Mali fod wedi rhoi'r handbrec ymlaen. Ond ni ddywedaf ddim. "Pwy sy'n dreifio, dad?" ddyfyd hi. A wedyn fe rydd yr handbrec ymlaen fel petai hi'n gwybod yn iawn. Dwi'n teimlo eto pan mae pawb yn gytûn fel hyn mai nhw rhywsut sy'n fy rhoi i wrth fy ngilydd. A mae Mamsi'n gwyro i dynnu'r blodau marw o'r fas. A rhoi dŵr ffresh ynddi. A gosod y cennin pedr. Hefo'n gilydd yn ddistaw maen nhw a fi yn darllen fy enw ar y garreg fedd. Y mae tair blynedd ers i mi farw felly. "Ei hoff flodau o," clywaf o ryw bellter anfesuradwy sy'n teimlo fel yr agosatrwydd mwyaf. A'r pedwar ohonom yn ôl yn y car.

●

Mr Tomos

"Meirwen," meddai fy nhad, "Dyma Mr Tomos."

Mae'n debyg iddo ei gyflwyno i'r gweddill yn eu tro, fy mrodyr a'm chwiorydd, y chwech ohonom.

Oherwydd nad oedd cyflogau fy rhieni – tair swydd fy mam, dwy swydd fy nhad – yn ddigonol i gael y ddeupen ynghyd yn tŷ 'ma, penderfynodd fy nhad o'r diwedd – roedd o wedi meddwl a meddwl am y peth; fe'i clywais o a Mam yn trafod droeon – un bore Llun giwio hefo'r gweddill o flaen statjiw Syr Hugh Owen i aros y bws bach a ddeuai â phump Mr Tomos o'r warws. Y bore neilltuol hwnnw, fy nhad oedd y chweched yn y ciw, felly collodd ei gyfle. Yr wythnos wedyn morolodd ei fod yno'n gynnar, ac felly ac yntau'n drydydd yn y rhes medrodd ddod adref hefo Mr Tomos wedi iddo arwyddo amdano. Yr amser cinio hwnnw y dywedodd fy nhad wrthyf: "Meirwen, dyma Mr Tomos." Yr oedd ef a Mam yn darllen y cyfarwyddiadau ynglŷn â Mr Tomos pan ddeuais i i mewn wedi bod yn llnau tai drwy'r bora, Mr Tomos ei hun – dyn tenau sobor a thawedog, wedi ei wisgo mewn dillad cordiroi – yn eistedd wrth y bwrdd yn pletio ei ddwylo byth a beunydd. Nodiais i'w gyfeiriad. Meddyliais y dylwn ddweud: "Gobeithio y byddwch yn hapus iawn hefo ni."

"Sut fyddwn ni'n cael 'n talu?" holodd mam fy nhad, "Ydy o'n deud rwbath am hynny yn yr instrycshyn bwc 'na?"

"Standing ordyr," atebodd fy nhad hi.

"Be' sy' raid i ni neud?" holodd fy mam wedyn ar ôl iddi hi gael gwbod am y tâl.

"Yn ôl hwn," esboniodd fy nhad yn codi'r un dudalen o gyfarwyddyd a alwodd Mam yn bwc, "Fawr ddim ond 'i fwydo fo. Mi fydd y cyflenwad bwyd yma bob bora Llun a'r cwbwl raid ni neud ydy gwagio cynnwys y sash-het ddwywaith yn dydd, felly dwy sash-het, i wydriad o ddŵr cynnas a chofnodi unrhyw newidiadau ar y ffurflen a ddaw hefo'r bwyd. A mi ddaw rhywun i nôl y fforms bob nos Wenar."

"Ond be am 'i llnau o?" holodd Mam.

"Ma'n deud yn fama, The specimen self-cleans."

"'Na ti hwylus," medda Mam.

"Mi'r a'i â chi i fyny ta," meddai'n nhad wrth Mr Tomos.

Pan ddaeth fy nhad i lawr yn ôl, mi clywais o'n sibrwd wrth Mam, "Cadw hwnna'n saff. Dyna ti'r rhif ffôn i'w ffonio pan fydd o wedi'n gadael ni. A mi ddôn yma i'w nôl o'n ddigon dusgrit pan yn gyfleus i ni."

Erbyn rŵan yr ydan ni ar ein hwythfed Mr Tomos. Pan wela i nhad yn y ciw wrth statjiw Syr Hugh Owen mi fydda i'n gwbod fod un Mr Tomos wedi mynd a bod 'na Mr Tomos arall ar fin dŵad yn ei le fo. Mae hyn i weld yn gweithio'n iawn i bawb. Mae fy rhieni wedi cael cynnig Miss Ellis, sy'n newydd, ond tydy Mam ddim yn siŵr.

●

Tynerwch

Mae'n rhaid fod Lisa Mai, teimlodd, wedi gwneud rhywbeth difrifol o'i le heddiw, oherwydd nad oedd ei mam wedi rhoi'r beltan arferol iddi.

●

Yr Anifeiliaid Llonydd

Mewn un gornel yr oedd y gwningen eisioes wedi troi yn barod i ffoi ond yr oedd y wenci ar ei chodiad angheuol ar ei dwygoes ôl eisioes wedi ei gweld a'r helfa wedi ei fferru am byth o dan y cas gwydr ar y seidbord.

Yr oedd crafangau'r cudyll yn y cas gwydr arall o fewn modfeddi i'r lygoden yn y gwair, ei adenydd yn estynedig yn y gosteg na wêl llygaid rhwng codi a disgyn.

Rhyngddynt ar y seidbord y mae'r llwynog ar ras, 'run o'i draed am yr eiliad-nad-yw'n-bod ar y ddaear, cyfarthiad y bytheaid-nad-ydynt ar ei warthaf tu draw i'r muriau gwydr sy'n barhaol gaethiwo ei ryddid byr.

Edrychodd Harrington Pierce arnynt, y clwt yn ei law y bore hwn eto; yr oedd yn ei fyd yn ddyddiol yn ceisio cadw'r gwydr yn rhydd o lwch; rhywbeth a deimlai a oedd yn amhosibl. Clywodd y nyrs yn dod i lawr y grisiau.

"Gwell hwylia heddiw," meddai'r nyrs – Rhiannon oedd hon; Rhiannon-Dydd-Mercher; Rhiannon-Bob-Bore-Sadwrn – yn camu i mewn i'r lolfa, "Ond hogyn drwg," meddai yn hitio ei law yn chwareus, "wedi llosgi'r sosijis neithiwr. Ges tjaptyr and fyrs. A'r sosijis wedi dŵad o ryw le crand iawn."

"Fortnum and Mason," meddai Harrington Pierce.

Dyma'r tro cyntaf i Rhiannon ei gyffwrdd erioed.

Er nad oedd hynny'n golygu dim byd wrth gwrs yn yr oes oedd ohoni, ond yr oedd Harrington wedi sylwi ers tro'n byd nad oedd Rhiannon yn gwisgo modrwy briodas. Yr oedd wedi meddwl am gyfnod fod peidio gwisgo modrwyau yn rhan o arferiad proffesiynol nyrsys rhag ofn iddynt yn ddamweiniol dorri croen tenau hen bobl. Ond fe'i darbwyllwyd yn wahanol pan ddaeth nyrs i'r tŷ un bore ac elastoplast wedi ei weindio am ei bys er mwyn gorchuddio ei modrwy.

"Peidiwch chi â chymryd ganddi hi rŵan," meddai Rhiannon, "Mi fydda i yma ..."

"... fore Sadwrn," meddai Harrington.

Wedi iddi fynd, ac fel y disgwyliai, clywodd y gloch yn cael ei chanu yn llofft ei fam, ac ar ei chwt fel y disgwyliai eto y dair cnoc â'r ffon ar lawr ei hystafell wely. Arhosodd am dipyn yn llonydd cyn ymateb, oherwydd yn yr aros byr gallai wir fwynhau presenoldeb-lle-bu Rhiannon yn y gwagle o'i flaen.

Ar y boreau Mercher a'r boreau Sadwrn hyn aethai wedyn i fyny'r grisiau yn ehud fel gwenci wedi dianc o gas gwydr.

●

Edifeirwch

Chwarter wedi un y pnawn Gwener hwnnw, Chwefror 11eg, y dechreuodd yr wylo.

Yn ôl un stori, yn ei siop bwtjar 'roedd Ifan Preis – pan ddaeth Edwina Gaitskell i mewn, a hi yr unig gwsmer – yn lladd ei hun yn crio wrth dorri tjops, a chyn iddi hi fedru gofyn be' oedd yn bod, neu ofyn am bwys o fins dechreuodd hithau hefyd dorri ei chalon.

Mamau, yn ôl stori arall, yn disgwyl eu plant o'r ysgol ddechreuodd ar unwaith ac ar y cyd wylo'n hidl, heb yn wybod iddynt fod yr ysgol gyfan, yn blant ac yn athrawon, yn staff y gegin a chymorthyddion yn methu â gadael yr adeilad oherwydd eu bod yn crio gymaint.

Ffynhonnell arall honedig oedd Tony Roial Welsh yn crio i'w ddiod ganol y pnawn hwnnw yn y Four Alls; ond gan nad yw dynion yn crio anodd oedd profi hynny maes o law.

Pryd bynnag y dechreuodd go iawn ac ymhle a hefo pwy, erbyn pump o'r gloch yr oedd y dref gyfan yn ei dagrau. Gadawodd pobl y siopau a'r archfarchnadoedd yn llefain. Os oedd unrhyw un wedi meddwl y byddai o neu hi neu nhw yn medru mynd i mewn i'r llefydd gweigion hyn wedyn gyda'r bwriad o ddwyn, yna ofer fu hynny oherwydd yr oeddynt hwythau, ddarpar-ladron, fel pawb arall yn wylofain. Ar bennau'r tai, ar stepan pob drws, o bob oed, digwyddai'r wylo'n chwerw dost.

Ofer hefyd fu i gwmnïau teledu a radio anfon gohebwyr a chriwiau camerâu a sain i'r dref, oherwydd unwaith yno ni allodd yr un ohonynt rwystro'r llifeiriant. Digwyddodd yr un peth pan geisiodd cynghorwyr/wragedd a yrrwyd gan yr awdurdodau i geisio helpu; torasant eu calonnau.

Parhaodd hyn am ddeuddydd.

Daeth i ben mor ddisyfyd ag y dechreuodd.

Y mae pawb bellach yn gytûn nad oedd gynddrwg ag a ddywedwyd ar y pryd.

Nid yw Edwina Gaitskell erioed wedi dychwelyd i siop gig Ifan Preis.

Yn yr Alecs y mae Tony Roial Welsh yn llymeitian erbyn rŵan.

Pan waeddodd rhyw fam ar ei phlentyn yn Pepco: 'Rho'r gora i'r blydi crio 'na,' dywedwyd i'r siop gyfan fyned yn dawel i gyd. 'On edj,' fel dudodd rhywun.

●

Dewis Enw

"A finna wedi ei enwi fo ar ôl R.S. Thomas, y bardd. 'I've named him after you,' sgwennis ato fo. Ond chlŵis i ddim byd. A ryw flwyddyn ddwy wedyn a fynta'n ista ar ryw dracdor bach glas a choch oedd o wedi'i gal yn bresant, mi dynnis lun a'i anfon o ato fo: 'Here he is, just like you on a tractor,' ddudis i. Ond chlŵis i ddim yn ôl dro hynny chwaith. Hwyrach mai peth gwirion oedd 'i enwi fo ar ôl bardd? Ti meddwl? Taswn i ddim 'di gneud falla 'sa fo ddim yn jêl heddiw. Deng mlynadd dan glo, meddylia. O! taswn i mond 'di cysidro a 'di dewis enw mwy cyffredin, bob dydd, fel William neu Dafydd."

●

Rhefru

Nid oedd Catherine MacDonagal yn cofio'n iawn pryd y sylweddolodd fod ei hwfyr yn fwy na hwfyr. Y math hwfyr, a elwir weithiau'n yprait, hefo handlan hir a thro fel bach arni – yr oedd rhywbeth am yr handlan a atgoffai Catherine o wddf, ac yr oedd wedi bod yn hoff o yddfau erioed. Nid oedd ychwaith yn cofio'n hollol yr union bnawn y teimlodd yr hwfyr yn gofyn iddi am gael gwisgo het. A het a gafwyd, yn wir hetiau.

Heno a'r ddwy yn cael eu swper, hi yr ochr yma i'r bwrdd hefo'i tyrci siwprîm, yr hwfyr yr ochr arall yn ei het binc egwan a'i chantel llawn o flodau'r gwanwyn, hefo'r platiad llwch o'r tu ôl i'r piano. Hyn oedd diddosrwydd.

Yn y munud mi fydd Catherine yn cysylltu'r weiran letrig fel rhyw linyn bogail i'r socet yn y wal, y bag llwch yn chwyddo'n feichiog am allan, yr hwfyr yn rhefru eto heno am fod Catherine wedi rhoi ei throed i lawr drachefn, ac na fydd hwfyr arall yn cael dŵad 'i'r tŷ 'ma oherwydd 'n bod ni'n dwy'n iawn fel rydan ni.'

Teimlodd Catherine, ar wahân i'r het, fod golwg noeth braidd ar yr hwfyr.

"Gwranda," meddai, "Dwi am drio ca'l blows i dy ffitio di. Un bach gwyn hefo gwaith gwnïo arno fo. Dwi'm yn licio pan mae 'na hen ddrwgdeimlad rhyngo' ni."

●

Cyfoeth

O fewn ychydig fe fydd hi'n ŵyl y Pasg a chyfle i minnau eto
gofio Yncl Osborne ac Anti Elwyn Harri a ddeuai – y tro cyntaf
i mi weld dau ddyn yn dal dwylo – ar eu hymweliad blynyddol â
tŷ ni. "Cofiwch chi," fyddai nhad yn ei ddweud wrthyf fi a
mrawd, "edrach ar 'ch cythlwng. Fedrwch chi 'neud i'ch gwyneba
edrach yn llwyd? Trïwch bendith y tad i chi. Ma'r Osborne 'na
werth 'i filoedd." "O! ti'n un drwg," fyddai Mam yn ei ddeud ar
ei ôl o, "Ond mi rwt ti'n iawn, mae o werth 'i filoedd a fydda fo'n
teimlo 'run gollad tasa fo'n twalld 'chydig bunnoedd i ddulo'r
plant 'ma." Mam wedyn yn ein dilladu ni am y diwrnod, Diwrnod
yr Ymweliad Mawr, mewn hen ddillad un seis rhy fach i ni. Hitha
a nhad yn cario dodrefn o'r rŵm ffrynt i'w llofft nhw eu hunain
er mwyn gwneud i'r tŷ edrych yn foel a di-groeso; codi carped
hyd yr oilcloth i danlinellu'r peth; gosod fas o flodau artiffisial
o'r twll dan grisiau ar sil y ffenestr i brofi rhywbeth ychwanegol.
A'r un rigmarôl blynyddol amser swper: "Dipyn o dŷ Edward
mae gin i ofn, Osborne ac Elwyn Harri. Petha'n go dynn." A'u
cymell i "Stynnwch," wrth ddal y plât cornd biff, Spam a brôn
o'u blaenau. Y tomatos a'r bitrwt yn y powlenni lleiaf a feddai.
Y tatws sdwnsh yn syth o'r sosban: "Wedi torri'r unig ddesgil o'
gin i." Marjarîn nid menyn ar dorth echdoe.

"Ylwch be' ryda ni wedi ei ddŵad i chi," fyddai Yncl Osborne
yn ei ddweud wrth roi wy Pasg yr un i mi a mrawd. A Roses i
Mam. Anti Elwyn Harri yn sbio arna i drwy'r adeg fel petai o'n
gwirioni hefo fi. "Tjoclet o ddiawl," fyddai nhad yn ei ddweud
wedi iddyn nhw fynd, "A fynta werth ei filoedd." Fo a Mam
wedyn yn gosod popeth yn ei ôl i wneud i'r tŷ – gan ddefnyddio'r
ymadrodd od hwnnw – 'edrach 'run fath.' Tan y flwyddyn nesaf.

O fewn ychydig fe fydd hi'n ŵyl y Pasg a chyfle i minnau eto
gofio Yncl Osborne ac Anti Elwyn Harri a roddai i mi am un
dydd drwy gydol blynyddoedd fy mhlentyndod y ffasiwn
gyfoeth dihysbydd.

●

Adnabod

Os yw llythyr yn dod i'ch tŷ yna chi piau o. Fel yna yr ymresymai Hesketh Rees wrth edrych ar y llythyr yr oedd hi wedi ei roi i orffwys ar y bowlen siwgwr o'i blaen, hithau'n eistedd. Enw rhywun arall sydd ar yr amlen, a'r cyfeiriad yn dynodi'r tŷ drws nesaf. Blerwch Elwyn Posman yn ei hast ar fore Sadwrn yn ceisio gorffen cyn y gêm. Wedi'r cyfan y mae'r ddynes drws nesaf – a darllenodd Hesketh yr enw, Ela Cadwalladr – wedi gwrthod pob ymgais o'i hochr hi, Hesketh, i gael ei thynnu i mewn i sgwrs. Ar ôl tri mis siawns na fedr – a darllenodd Hesketh yr enw drachefn – siawns na fedr yr Ela Cadwalladr hon fentro dipyn bach mwy na 'Iawn, diolch,' ar hyd ei thin, neu nodio'i phen yn ddigon pethma wrth fynd am ei char a Hesketh yn fwriadol wedi mynd at ymyl y wal i dynnu tamaid o chwyn o'r grafal.

Symudodd i mewn dros nos, yr Ela Cadwalladr 'ma. Pedwar a welodd Hesketh y dyn gwerthu tai – er mai dynes oedd hi – yn eu hebrwng o gwmpas y tŷ. Yr oedd hi wedi licio'r olaf o'r pedwar: mam a thad, ac yr oeddynt wedi priodi, a dau o blant. Yr hogyn bach wedi codi ei law arni ar yr union adeg yr oedd hi'n digwydd bod yn y ffenestr. Ac un bore be' wela hi ond fan rimwfals a'r – darllenodd yr enw ar yr amlen eto – Ela Cadwalladr hon ar y dreif yn sarjantmeijro'r dynion druan oedd yn gorfod cario bocsys trymion iawn yr olwg o'r fan i'r tŷ. "Lle mae Ironbridge?" holodd Hesketh ei chydnabod Arwyn Twynog oherwydd yr oedd wedi darllen yr enw ar ochor y fan a'i ffonio'n syth i ofyn. Medrai Hesketh ddweud o'r ffordd yr oedd Ela – er na wyddai ei henw bryd hynny, wrth gwrs – yn sefyll ar y dreif y bore hwnnw yn tafodi'r dynion druan ei bod yn graig o bres – a pham fod y dynion yn gwenu arni wrth fynd heibio a hithau wedyn yn chwerthin hefo nhw? ni wyddai Hesketh – ac mai oherwydd iddi gynnig mwy o arian na'r teulu bach – gysymping ydy'r enw am y tandinrwydd yna, gwyddai Hesketh yr enw'n iawn – y cafodd hi'r tŷ. Felly agorodd Hesketh Rees y llythyr.

Nid oedd Hesketh yn siomedig o gwbl oherwydd nid unrhyw

gatalog hadau oedd hwn, ond un ar gyfer The Organic
Gardener. Yr oedd y prawf ganddi rŵan mai un fel yna oedd Ela
Cadwalladr.

"Taswn i'n deud wrtha ti, catalog hada' organics, be 'sa ti'n
ddeud wrtha i'n ôl? ... Ti'n iawn!" meddai wrth fudandod Arwyn
Twynog yr ochr arall i'r lein, "Fel'na ma'r petha organics 'ma
yn creu gagendor bwriadol rhyngo ni a nhw. Dwi 'di gweld nhw
yn y Waitrose 'na a M&S. Dyna'r snobyddiaeth newydd yldi,
organics. A ma' hyn yn dŵad a fi at y pnawnia Mawrth. Ma' hi,
Ela Cadwalladr, yn gadael y tŷ bob pnawn Mawrth am un ar y
dot a 'di hi ddim yn ôl tan tua wedi pump, gif or tec. A felly mae
hi wedi bod ers y drydedd wsos iddi gyrraedd yma. Be nei di o
hynny ta? Os oes rhywun yn gneud rhwbath yn regiwlar fel y
mae hon mae o'n codi cwestiyna. Dwi'n deud wrtha ti. Ac yn
dilyn o hyn i gyd, wyt ti'n trio'n osgoi fi? Dan ni ddim 'di cysgu
fo'n gilydd ers tro'n byd. Sgin ti'm esgus rŵan. A dyna ti beth
arall, ma' gola mlaen yn 'i stafell wely hi dan yr oria' mân ... Paid
â mwydro, does 'na neb yn darllan i'r oria mân siwr. Dwi 'rioed
'di gneud. Mi weli'r gola'n betryal ar y lawnt. Ma' raid nad ydy
hi'n cau cyrtans. Pa fath ddynas sydd ddim yn cau cyrtans?"

"Tyd i weld ond paid â chymryd arnat dy fod ti'n sbio,"
meddai Hesketh Rees wrth Arwyn Twynog y pnawn Mawrth
canlynol, "Dyna ti Ela Cadwalladr. Ond mae hi wedi dŵad yn
ôl yn gynt heddiw o'i misdimanars yldi. A be' wela i yn y bag ar
y soffa'n fanna? Pyjamas a thrôns glân? Ddois di â'r tablets
bach glas tro 'ma? Ti'n rhy agos at y glass. Cama nôl, neu mi
gwelith di."

A phetai Hesketh Rees wedi troi i edrych yn iawn ar Ela
Cadwalladr yn dŵad allan o'i char, efallai y byddai wedi gweld
yr ôl crio arni, a'i holl ymarweddiad wrth gerdded am y tŷ yn
holi'r cwestiwn: Sut ar wyneb y ddaear y medrais i ddreifio adra?

"A battenburg!" meddai Hesketh oedd wedi dyfalu achos y
chwydd yn y bag pyjamas.

●

Celanedd

Pan aeth rheolwr Pepco, Andy Turnpike-Dickson, a'i staff i mewn i'r archfarchnad y bore hwnnw fe'u hwynebwyd gan gelanedd y trolïau. Roedd hanner cant a dau ohonynt mewn cyflwr difrifol oherwydd y tolcio di-dostur. Dros gant ac un yn gelain, mewn geiriau eraill yn ddi-olwynion. Dros ddeugain yn barhaol ogwyddo i'r dde wrth gael eu gwthio, a hynny'n golygu y bydd raid eu difa'n dawel. Yr esboniad a gynigir yw fod y trolïau wedi amsugno i'w hymwybod rwystredigaethau, diflastod, diffyg gobaith, ynghyd â gobeithion anghyraeddadwy, a llugoeredd difaol y rhai a fu'n eu gwthio ar hyd y blynyddoedd, ac i'r pethau hyn un noson erchyll yn y siop gyrraedd penllanw mewn crisiendo o drais rhwng ac ymysg y trolïau yn yr oriau mân. Cysidrir hyn yn enghraifft torfol o hunandroliladdiad. Gofynnir i siopwyr/wragedd ddod â bagiau i'r archfarchnad tra bo cynghorwyr/wragedd yn ceisio rhoi cymorth i'r trolïau sydd weddill.

Y bore hwn yn ôl ein gohebydd yr oedd gweld y mannau parcio trolïau yn weigion yn dorcalonnus. Dywedodd un troli a dynnwyd o'r cei yn rhemp o wymon a mwd a hen ganiau nad oedd hi eisiau gweld cwsmer fyth eto. Yr oedd troli arall o'r enw BuyOneGet yn chwilio am ei chymar, ond yr oedd yn anodd iddi symud ar ddwy olwyn.

●

Dwyieithrwydd

Teipiodd *daeth* a chafodd *death*.

●

Dedwyddwch

Calan Mai yn y flwyddyn 1603 Oed Crist, cerddodd Ifan Rhys ab Iago Hen o'i gartref yn Chwilog i grwydro Eifionydd.

Heddiw, y 3ydd o Fawrth yn y flwyddyn 2021, Oed Neb yn Neilltuol, cyrhaeddodd Ifan Rhys ab Iago Hen, 'Rynys.

●

Waled

Aeth i'w gilydd i gyd, Robert Healey-Hughes. Teimlodd eto boced ei drowsus. Dobiodd ei glun. Na, nid oedd waled. Fel y mae'r ymennydd yn lleihau pob loes, darbwyllodd ei hun ei bod ar ymyl y bwrdd bach ger ei wely. Aeth i fyny'r grisiau yn gobeithio fod hynny'n wir, ac yn gwybod ar yr un pryd nad oedd sail i'r gwybod ofer hwnnw. Gadawodd i'w lygaid drafeilio hyd y gwely sengl yn gyntaf, yna gwyro mewn disgwylgarwch i'r chwith ymhle yr oedd ar y bwrdd bach ... wydraid o ddŵr yn unig. Roedd ei waled ar goll.

Gadawodd Robert Healey-Hughes iddo'i hun rŵan deimlo y panic. Nid oherwydd ei fod wedi colli arian. Rhyw ddecpunt, bymtheg ar y mwyaf, oedd yn y waled. A medrai roi stop ar ei gardiau credyd y munud hwn – yr hyn a wnaeth wedi iddo gerdded y daith hir i lawr y grisiau at y ffôn. Dau alwad, ac roedd ei gyfrifon yn ddiogel. Nid felly ei fywyd.

Yr oedd yn ei waled ambell lythyr. Derbynneb neu ddau o'r hen ddyddiau. Ambell enw. Ambell gyfeiriad. Ambell rif ffôn. Fe'i cyhuddwyd yn y gorffennol o un neu ddau o bethau. Medrodd drwy groen ei ddannedd bob tro ddianc yn emosiynol chwys laddar i leoedd diogel. Eto, yn ei waled cadwodd y dystiolaeth yn ei erbyn ei hun. Fel petai rywsut yn gwybod y medrai ddianc rhag ei elynion i gyd, ond na allai fyth ddianc rhag ei elyn pennaf. Y medrai gael rhyw lun ar faddeuant gan bawb arall, ond na fedrai fyth faddau iddo ef ei hun.

Nid ei fod yn meddwl fel hyn yn ddyddiol. Fel y rhan fwyaf o bobl yr oedd cymaint o'i fywyd wedi ei gladdu dan dywyrch amser, ac yntau, eto fel y mwyafrif, yn rhywun gwahanol heddiw. Hynny a deimlai hyd nes iddo golli ei waled. Yr oedd colli ei waled fel llaw ar ei ysgwydd o'r tu cefn.

Fel gydag unrhyw beth a gollir y ffordd orau o'u canfod yw drwy holi pryd gwelais i hwy ddiwethaf, ac wedyn dilyn ein camre o'r fan honno yn ôl tuag at yma.

Oedd, roedd ei waled ganddo neithiwr yn y Glan-y-Don,

oherwydd talodd am ei beint a'i wisgi bach hefo'i gerdyn, a Margaret tu ôl i'r bar yn dweud wrtho: 'Saffach na pres sy'n llawn jyrms,' a wincio arno. Cofiodd ei winc. Gwyddai iddo wneud cymhariaeth rhwng lliw brown ei waled a lliw piws ei blows.

Nid oedd yn teimlo iddo ddweud dim allan o'i le wrth Margaret neithiwr beth bynnag, felly cerddodd i mewn i lownj y Glan-y-Don oedd newydd agor ganol bore, y bandit yn y gornel yn fflachio ceirios, orenau, afalau a phinafalau yn gyflym, liwgar i'w gyfeiriad a neb arall yno ond ef. Teimlodd ei lais yn simsan, grynedig braidd wrth drio gweiddi 'Helo'. Gwnaeth y bandit ryw sŵn electronig anghynnes fel petai yn ei watwar.

"Wha'?" meddai Billy Turpin, oedd wedi ymddangos yn dalp blêr o'r cefn.

Holodd Robert Healey-Hughes os oedd o wedi gadael ei waled yma neithiwr.

"Would know nothing about that, partner," meddai Billy Turpin, cymar o ryw fath i Margaret Hollcombe, a fedrai fod wedi gwneud yn llawer gwell na'r llymbar hwn, a syllu i'w gyfeiriad.

"Mar-garet," gwaeddodd Turpin yn y man, "Mar-garet."

Agorodd Margaret ei llygaid yn fawr pan welodd ef, fel petai hi'n dynwared ei bod yn falch o'i weld. Neu ei bod yn dweud drwy'r ystum, dwi'n gwbod y cwbwl amdanat ti rŵan oherwydd dwi wedi darllan cynnwys dy walat di. Ond, naddo, doedd hi ddim wedi gweld waled, a ddaru neb ddŵad at y bar hefo waled goll. Ond wyddost ti ddim. Wyddost ti ddim be'? clywodd ei hun yn holi. Tacla rownd lle 'ma. Wyddost ti ddim pwy ydy neb wedi mynd. Be' oedd hi'n 'i feddwl hefo hynny? Diolchodd iddi. Yr oedd Billy Turpin yn dal gwydriad o gwrw ar hytraws ac yn uchel gerfydd ei waelod a'i droi'n araf yn y goleuni rhag bod gwaddod ynddo. Caeodd Margaret fotwm ei blows.

Lle nesaf? Waeth trio'r siop bapur ddim, er y gwyddai nad agorodd ei waled yno. Nôl papur ydoedd, nid talu amdano. Unwaith y mis y gwnâi hynny. 'Naddo wir, Mr Healey-Hughes bach,' meddai Price-Roberts. 'Gyda llaw,' ychwanegodd wrth iddo adael y siop, 'Falch o'ch gweld chi bob amser. Class. Class.'

Wrth wenu arno aeth rhyw ias drwy Robert Healey-Hughes. Pam dweud peth felly wrtho? Beth a wyddai Price-Roberts amdano? Pam y coegni?

Cofiodd iddo fethu â magu'r plwc i fynd i mewn i siop Rona Harris, Rona Harris ei hun y tu ôl i'r cownter gwelodd yn llechwraidd, ond roedd ganddo ddigonedd o goffi. Ond beth petai yn ei ffwdandod gynnau wedi ffidlan yn ei boced ac yn ddiarwybod iddo'i hun wedi tynnu ei waled allan yn ddamweiniol ac yn ei hast heb sylweddoli hynny, ac yno mae hi o hyd ar y pafin. Gwell mynd yn ôl felly. Hynny a wnaeth. Ond wrth fynd heibio rŵan, gwelodd Rona ef, ac yntau hithau. Ysgwydodd Rona ei bysedd arno. Yn sarcastig? Yn gellweirus? Wedi edrych o gwmpas y siop – pam? pwy arall oedd yno? – â'i phen ei erchi i ddod i mewn. Nid oedd dewis ganddo ond ufuddhau. Prin oedd ei ddwydroed dros y trothwy pan ddywedodd hi wrtho: "Cyn ti ddeud dim mae popeth wedi ei anghofio. Bywyd rhy fyr siŵr. Mi roeddat ti fel tasa ti'n chwilio am rwbath ar lawr rŵan."

"'N walat," medda fo.

"Hynny'n golygu dy fod ti wedi mynd heibio o'r blaen felly tydy. Ditectuf wyf."

"Be' ti feddwl ditectuf?"

"Mi gwelis i di beth bynnag beth cynta' bora 'ma hefo dy bapur a finna'n paratoi i agor. Fel dwi'n deud, ditectuf. Ydan ni'n ôl fel roeddan ni o hyn ymlaen?"

"Yndan," meddai.

"Gobeithio gei di hyd i dy walat te," ebe Rona'n gwenu arno, "Twt-twt. Blasa hwn," a chododd o'r cownter blatiad bychan o gaws wedi ei dorri'n sgwariau cymen a'i gynnig iddo. "Rhyw Gaerffili newydd. A phaid ti â deud nad wyt ti'n cael dim byd am ddim gin i."

Meddyliodd ar ei ffordd yn ôl, tybed iddi hi hefyd weld ei waled yn disgyn o'i boced, ei chodi wedi iddo fynd o'r golwg, darllen y cynnwys, a'i bod rŵan mewn lle o oruchafiaeth arno hefo'r holl wybodaeth, a hawdd iawn felly y medrai gogio bach mai dŵr dan bont oedd popeth rhyngddynt bellach, ac o'i hudo drwy hynny i'w gwe yn ôl, o hyn allan ei ddal yno am byth?

Meddyliodd hefyd ar ei ffordd yn ôl y dylai fynd i'r fan a'r fan, a'r lle a'r lle, lleoedd y gwyddai nad oedd wedi ymweld â hwy o gwbl fel i golli ei waled ynddynt. Ond y tu mewn i amheuaeth y mae'r dychymyg yn rhemp. Ac ofn yn fangre dyfeisgarwch.

Ond adref aeth. Ildiodd i'w dynged. Ni allai wneud dim ond aros.

Fisoedd yn ddiweddarach a threiglad amser, fel sy'n digwydd bob tro, wedi lleddfu unrhyw bryder a fu ganddo am ei waled goll – yr oedd eisioes wedi dychwelyd sawl tro i'r Glan-y-Don, yn rheolaidd eto yn nôl ei bapur, a chafodd swper a ballu echnos eto hefo Rona – un bore Mercher canodd ei ffôn. Llais gwraig yn holi am Mr Robert Hedley-Hughes. Dywedodd wrthi ei fod allan yn anffodus, ond tybed a allai gymryd neges? Dywedodd ei bod yn ffonio o Dover. Ac iddi wrth glirio ei gardd bnawn ddoe ddod o hyd i waled. Roedd hi wedi bod yno am sbel oherwydd roedd golwg braidd arni. Yn amlwg wedi ei thaflu. Ond roedd yr enw'n dal yn ddarllenadwy – oedd hi wedi ei gael yn gywir? – a'r rhif ffôn, er iddi ffonio un lle arall oherwydd iddi feddwl mai 8 oedd y 3. Wel! meddai ef wrthi, Mi fydd Mr Robert – oedodd – Hedley-Hughes yn hynod o falch. Yn anffodus, meddai'r ddynes, doedd 'na ddim byd arall yn y waled. Mi roedd hi'n wag. O dyna drueni, meddai ef, Ond na hidiwch. Mae pethau fel hyn yn digwydd. Holodd y wraig a fyddai Mr Hedley-Hughes, dybed, am ei chael yn ôl? Na, na, meddai ef, go brin. Ond diolch i chi am gysylltu 'run fath.

Wrth iddo roi'r ffôn i lawr gwelodd yn mynd heibio'r ffenestr ddwsinau o swigod sebon, enfys y tu mewn i niferoedd ohonynt.

Dover? meddai o ryw bellter ynddo'i hun, y swigod sebon yn mynd heibio'n araf, yn gyfareddol yn y goleuni.

Eisteddodd i edrych arnynt heb unrhyw ddiddordeb yn eu tarddiad na'u ffynhonnell.

●

Syrcas

– Ddoi di hefo fi i'r syrcas?

– I be' fyddwn i isho mynd i syrcas a finna wedi byw hefo clown ers dwrnod 'y mhriodas?

– Mi gei weld eliffant.

– Dwi'n dy weld di bob dydd.

– Mi wyt ti'n lwcus mod i'n dy nabod di neu mi fyddwn i wedi dy stido di am ddeud peth fela. Mi fydd 'na lew.

– Mwy nag un o'r rheiny o gwmpas lle ma.

– Hwyrach na ddaw 'na syrcas ffor' hyn fyth eto. Mae pobol yn mynd fwyfwy yn 'u herbyn nhw. Perthyn i fyd arall mae nhw bellach. Felly dyma debyg 'n cyfla ola' ni.

Efallai mai'r geiriau, *cyfla ola'* – ond pwy a ŵyr? – a ddarbwyllodd Einjyl Parry i ddweud ie wrth gynnig Silwen Traherne i fynd i weld syrcas. Yr oedd hi yn yr oed hwnnw y mae *cyfla ola'* yn fwy na phosibilrwydd. A hefyd – rhaid cofio hyn – y mae pob cyfla ola' yn felys o'r felan.

Yma maent. Nhw eu dwy a rhyw ychydig o rai eraill. Mae'r seddi gweigion yn y mwyafrif.

Mi roedd Silwen yn iawn, mae yma glown, mae yma eliffant, mae yma lew – o leiaf, mae dau ddyn – dau ddyn? ia, dau ddyn; dynion yn unig fyddai eisiau dynwared llew – ben wrth din tu mewn i siwt llew.

Ond y funud hon, uwch eu pennau, yn mynd heibio ei gilydd yn y gwagle, y naill yn barod i ddal siglen y llall, y mae'r ddau acrobat yn fflachiadau arian; nid oes rhwyd oddi tanynt i'w dal petai unrhyw beth yn mynd o chwith; eu llygaid a'u hamseru yw popeth; ac ar foment ei hedrych arnynt y mae eu symudiad fel petai wedi ei fferru, a hithau Einjyl Parry yn cyd-rannu'r diddymdra â hwy, yn gwybod yn iawn rŵan nid yn unig pam y daeth i'r syrcas y pnawn hwn, ond pam hefyd y bu iddi ddyfalbarhau hefo'i bywyd ei hun er gwaethaf popeth ar hyd y blynyddoedd; Silwen Traherne yn tynnu yn ei llawes i drio ei chael i eistedd i lawr yn ôl; a'r naill acrobat yn dal siglen y llall.

●

Nofelau gan Aled Jones Williams

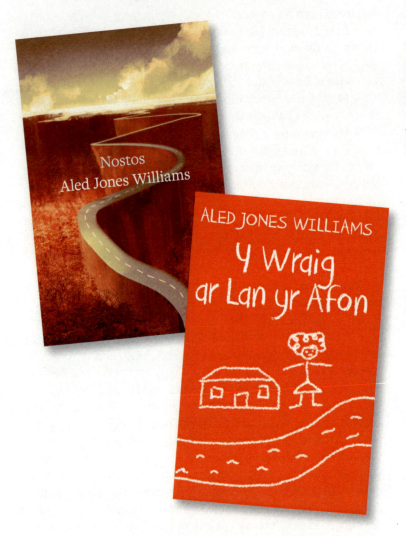

www.carreg-gwalch.cymru